AF393860

Run Boy.
Run Girl

Nadine Gersberg
Roman

Für meinen Bruder

Kapitel 1: Ein Mops namens George

Ben

Ich renne. Renne und springe. Ich fühle mich stark. Stark und wütend. Ich spüre jeden Muskel in meinem Körper. Ich balle meine Hände zu Fäusten und spanne meine Oberarme. Ich spüre meine Adern pulsieren. Meine Lunge saugt Sauerstoff, dann stoße ich sie wieder aus. Immer im Takt. Ein-, ein - ausatmen. Ein-, ein - ausatmen. Ich nehme eine Hecke mit einem Reverse. Rückwärts mit einer 360 Grad Drehung. Die Fliehkraft bringt zusätzliche Geschwindigkeit. Leichte Übung.

Bahar

Ich marschiere in Richtung Fluss und zerre den Mops hinter mir her. Ich mag keine Hunde. Die stinken. Anne sieht das anders. Meine Mutter verliebte sich sofort in das Vieh, kaufte und nannte es George. Englisch ausgesprochen, als wäre er ein Prinz. Jetzt habe ich ihn am Hals, vielmehr an der Leine. Gerade kommt mir eine Deutsche entgegen, eine von unseren hochnäsigen Nachbarinnen. Wo bleibt George? Ich will schnell weiter. Die Leine hat sich gespannt. Ich sehe mich um. George hockt da und sieht mich gelangweilt an.
Er scheißt gerade auf den Bürgersteig. In dünn.

Die Deutsche auf dem Gehsteig fragt mich, ob ich „doch hoffentlich eine Kottüte" dabei habe? „Das ist jetzt Pflicht."

Sie bleibt stehen, um mich dabei zu beobachten, wie ich die Hundescheiße beseitige. Natürlich habe ich keine Tüte dabei. Ich krame in meiner Tasche und finde nur eine kleine Packung Taschentücher. Ich nehme die Tücher raus, quetsche sie in meine Hosentasche. Dann versuche ich Georges Hinterlassenschaft mit einem kleinen Stöckchen in die Tempoverpackung zu bugsieren. Klappt natürlich nicht bei der Konsistenz und ich bekomme etwas davon an meine Hände. Ich fluche. Frau Nachbarin kichert. Ich drehe die Tüte ein, damit nicht noch mehr ausläuft und verschwinde. Auch die Deutsche geht. Sie hat die Welt vor der Mopsscheiße gerettet. Demnächst wird sie dafür einen Orden bekommen. Jetzt laufe ich bestimmt einen halben Kilometer mit Georges Scheiße durch die Gegend, ohne dass ein Mülleimer auftaucht. In diesem Stadtteil braucht man die nicht. Hier machen die Menschen keinen Müll. Wie die Deutschen eben sind: Pünktlich, sauber, perfekt.

Ben

Tic-Tac. Erst auf den Absprung konzentrieren, dann auf das Ziel. Abstoßen an der Wand, fliegen über das Geländer, landen auf der Treppe. Weiterlaufen. Ein, ein - ausatmen.
Angefeuert werde ich von *Woodkid* und ihrem Song *Run Boy Run*. Habe ich mir als Endlosschleife eingestellt. Kein anderer Song kann mich so pushen.
Passement über eine Balustrade. Weiterlaufen, Ein-ein ausatmen.
Gleich treffe ich auf mein Team. Wenn Mama das

wüsste, sie würde durchdrehen.

„Willst du nicht lieber wieder mehr Computerspiele spielen, Ben?" wäre ihre Frage.

Bahar

Um mich abzureagieren setze ich meinen neuen Retro-Kopfhörer auf und starte mein Handy. *Florence and the machine* - ihre Stimme lässt mich zur Heldin werden. Niemand, auch keine Scheiße-Aufpasserin, kann mir jetzt noch etwas anhaben.

Besonders mag ich, wenn bei einem Song das Schlagzeug richtig gut durchkommt. Das Schlagzeug gibt den Takt vor, ist der Herzschlag der Songs. Wenn ich beim Hören laufe, richte ich mich nach seinem Takt. Drei Minuten, dreißig Sekunden im Stechschritt zu einem Rock Song, vier Minuten, zehn Sekunden Schlendern zu einer Ballade. Bei einer Dance Nummer würde ich am liebsten wild durch die Gegend springen.

Ich denke an Fußball. Es ist wichtig, dass ich bei den drei Sichtungsspielen aufgestellt werde. Nicht Clara. Die mit ihrem arroganten Gehabe immer. Alle schawänzeln um sie herum, als sei sie Athena, die Göttin von Griechenland. Eine gute Stürmerin ist sie auch nicht. Ich wette, unser Coach ist in sie verknallt. Nur deshalb setzt er sie ständig ein.

Ben

In einen Innenhof. Passe muraille über eine Mauer.
Durch einen Garten, an grillenden Menschen vorbei,
nicht auf das Rufen achten, weiterlaufen. Ein-ein-Ausatmen.
In ein Haus, die Treppen hoch, aufs Dach. Saut de fond
auf das nächste, untere Dach. Auf eine Garage, wieder
auf den Boden, abrollen. Weiterlaufen. Ein-ein-ausatmen.
Saut de chat, der Katzensprung. Über eine Tischtennis-
platte. Kraftvoller Absprung, Arme über das Hindernis
schwingen, Beine gleichzeitig zur Brust, durch die
Arme, über die Platte.
Weiterlaufen. Ein-ein-ausatmen.

Bahar

Ich laufe und träume weiter. Bald werde ich U17-Nati-
onalspielerin, fliege zu den Weltmeisterschaften. Dort
entdeckt mich die Nationaltrainerin und nimmt mich als
jüngste Spielerin aller Zeiten in die Frauenmannschaft
auf. Dann spiele ich mit Dzsenifer Marozsán.
 Wir werden ein geniales Gespann.
Durch die Träumerei geht es mir besser. Die Scheiße bin
ich losgeworden, auch George zieht nicht mehr so an
der Leine. Er läuft friedlich neben mir her und sieht ab
und an treudoof zu mir hoch. Irgendwie ist er ja schon
ganz süß mit seiner kleinen Stupsnase. Hier am Fluss ist
es still, die Flugzeuge sind nur von weit entfernt zu hören. Der Nebel, der sich über das Wasser gelegt hat,

zeigt sich in Form von Wolken. Sie schweben über den Fluss. Als Kind wollte ich mich immer drauf setzen und mitfliegen. Ich atme tief ein und wieder aus. Es ist, als ob die Luft mein Gehirn durchpustet. Das fühlt sich wirklich gut an.

Ben

Saut de bras. Vom Lokschuppen auf das alte Fließband. Erst die Beine, dann die Hände. Hochziehen. Weiterlaufen. Ein-ein-ausatmen.
Planche. Vom Fließband auf die Brücke hochziehen. Nein, nicht hängen bleiben. Ziehen. Hochziehen. Endlich. Weiterlaufen. Ein-ein-ausatmen.

Bahar

Wenn da nur nicht diese blöden Jogger wären. Ich weiß nicht, was das ist, dass heutzutage alle laufen müssen. Allein in meiner Klasse sind zwei Jungen und ein Mädchen, die für ihren ersten Halbmarathon trainieren. Und das mit Fünfzehn. Haben die nichts anderes zu tun? Immer wieder werde ich von Läufern überholt. Dicke Männer, die so schnaufen, dass sie es mit George aufnehmen könnten. Schlanke Frauen, die eher hoch hüpfen und kaum von der Stelle kommen. Oder sie laufen Ski ohne Skier, dafür mit Stöcken. Gerne im Pulk. Sogar eine Frau in Kopftuch rennt an mir vorbei.

Ben

Cat balance auf dem Brückengeländer. Runter. Weiterlaufen. Ein-ein-ausatmen.
Ich bin bestimmt schon vier Kilometer gelaufen.
Die Beine da unten werden schwerer, immer schwerer.
Ich muss das mit der Atmung ausgleichen. Einfach stärker ausatmen. EIN-EIN-AUSATMEN.
Ein-, ein - ausatmen. Ein, ein - ausatmen. Ein - ausatmen. Ein- etwas kriecht mir den Nacken hoch. Kälte. Schweiß. Keine Luft.

Bahar

Wenigstens sind die Läufer schnell an mir vorbei, so dass ich wieder meine Ruhe habe. Ich atme wieder tief ein. Kurz bevor ich mich ans Ausatmen machen will, werde ich so dermaßen angerempelt, dass ich mich nicht mehr halten kann. Ich stolpere über die Hundeleine und lege mich lang in den Acker.
Jetzt läuft der auch noch weiter. Der kann sich wenigstens mal entschuldigen! Nicht mit mir. Ich habe heute schon genug geschluckt.
„Komm George", rufe ich und sprinte hinter dem Spinner her.
„Bleib stehen und entschuldige dich gefälligst, du Arsch! Wer denkst du eigentlich, wer du bist? Meinst du, die Straße gehört dir allein?"
Ich höre mich an wie die Nachbarin von vorhin, aber das muss jetzt eben sein. Gleich habe ich ihn, anscheinend bin ich schneller als er. Jetzt bin ich direkt hinter ihm und tippe ihm auf die Schulter. Ich bin bereit für

die Konfrontation. Aber was macht er? Fällt mir direkt
vor die Füße.

Kapitel 2: Parkour

Ben

Du fragst dich jetzt bestimmt: „Was ist denn mit dem
los? Erst macht er einen auf Supersportler und dann
fällt er in Ohnmacht, nur weil ihn ein Mädchen antippt".
Dass ich Parkour mache, hast du sicher schon bemerkt.
Wie ich dazu gekommen bin? Das kam so:
Ich rollte gerade in den Bahnhof ein, als ich sie zum
ersten Mal sah. Sofort wusste ich, wer der Anführer der
Gruppe war. Älter als ich, Mitte zwanzig ungefähr. Dun-
kelhaarig, braungebrannt, Muskeln überall. Er führte die
waghalsigsten Moves aus.
Ich dagegen: Alles andere als kräftig, schlaksig. Ich bin
halt groß. Der Lieblingsspruch meines Vaters: „Lass
Dich nicht immer so hängen wie ein nasser Sack."
Braun gebrannt bin ich auch nicht. Im Sommer werde
ich höchstens mittelbraun. Dafür muss ich mich aber
auch ewig ins Freibad legen.
Die angesagten Jungs kannten meinen Namen früher
nicht, die Mädchen rannten an mir vorbei als sei ich
durchsichtig.

Ich ging ab da oft zum Bahnhof, ich wollte noch mehr
sehen. Manchmal dachte ich, ich hätte Halluzinationen.
So etwas gab es doch nicht in echt, höchstens im Kino
mit Hilfe von Computertricks und Blue Screen. Doch
auch die Jungs am Bahnhof sprangen über Geländer,
als seien sie *Black Panther*, überflogen Treppen wie *Cap-
tain America* und rannten Wände hoch wie *Spiderman*.

Von der Schwerkraft hatten sie anscheinend noch nichts gehört oder sie ignorierten sie einfach.

Dann sah ich eine Doku im Fernsehen und erfuhr endlich, wie das alles heißt, was sie da machten: Parkour. Ich verbrachte einen Tag und eine Nacht im Internet. Suchte sogar zwei Stunden lange meine Ausleihkarte und ging am nächsten Tag in die Stadtbibliothek. Ich lernte, dass neben bestimmten Techniken besonders die Körperbeherrschung eine wesentliche Rolle spielt. Außerdem gehören Kraft, Ausdauer und Konzentration dazu. Nichts davon besaß ich.

Mit meinem neuen Wissen fing ich an zu trainieren. Ich begann mit Laufen und Seilspringen. Immer abwechselnd. Einen Tag laufen, einen Tag springen. Dazu machte ich jeden Tag Liegestütze und Situps. Nach einer Woche hatte ich so einen Muskelkater, dass ich davon Fieber bekam. Ich schaffte weder, eine Treppe hoch zu steigen, noch herunterzukommen, zu lachen oder zu atmen. Aufgeben war natürlich keine Option. Sobald das Fieberthermometer nur noch erhöhte Temperatur zeigte, fing ich wieder an.

Neben den Ausdauer- und Kraftübungen trainierte ich einzelne Parkour-Moves aus den Büchern und Internetforen. Zuerst nahm ich mir zu viel vor. Ich versuchte direkt, die Wand unserer Garage hoch zu laufen. Wollte mich daran abstoßen und über die fast zwei Meter hohe Hecke springen. Beim gefühlten fünfzigsten Anlauf gewann ich zwar an ausreichender Höhe, rutschte aber an der regennassen Wand ab. Ich landete mitten in der Hecke. Als ich mich aus ihr befreite, entdeckte ich unseren neunzigjährigen Nachbarn, der mich kopfschüttelnd von seinem Balkon aus beobachtete.

Ich beschloss, es langsamer angehen zu lassen und startete mit leichten Weitsprungübungen. Wie im Lehrbuch vorgeschlagen. Da muss man mit beiden Beinen aus dem Stand abspringen, so weit wie möglich fliegen, um dann mit beiden Beinen in der Hocke wieder zu landen. Im Internet sah das so leicht aus. Aber in der Wirklichkeit brauchte ich bestimmt hundert Versuche, um weiter als einen Meter zu springen. Der Move erfordert enorme Kraft in den Beinen, aber die hatte ich damals noch nicht.

Unser Nachbar erzählte meinen Eltern natürlich von meinen „Kindereien“. Nach einem zu langen Gespräch mit meinem Vater über das „jetzt aber langsam mal erwachsen werden“, musste ich mir einen anderen Trainingsplatz suchen. Ich wählte ebenfalls den Bahnhof, wartete aber, bis die Jungs nicht mehr da waren. Ich wollte mich bei meinen Versuchen nicht erwischen lassen.

Ich wusste damals nicht, ob die Jungs aus dem Team mich bemerkten, sie schienen sehr mit sich selbst beschäftigt. Irgendwann musste ich sie aber ansprechen. Sollte ich ihnen dann etwas zeigen? Welchen Move am besten? Ich trainierte weiter wie ein Besessener. In meinen Tagträumen war ich bereits Teil des Teams.

Natürlich würden die Mädchen in der Schule anfangen, mich zu bewundern. Schon allein weil sie merken würden, was ich konnte und wer meine neuen Freunde waren. Ich würde ja dann auch sehr gut aussehen mit all den Muskeln. Die angesagten Jungen würden gegen mich keine Chance mehr haben. Ich war mir damals schon so sicher, dass es so kommen würde, dass ich irgendwie von allein lässiger wurde.

Ich ging den Provokateuren nicht mehr aus dem Weg und schaffte, auf mein neues Können aufmerksam zu machen. Als wir einmal vor der Sporthalle auf den Lehrer warteten und Clara mich mal wieder übersah, kletterte ich wie eine Spinne in nur einigen Sekunden aufs Dach. Clara fand's gut, mein Lehrer eher nicht. Jedenfalls grüßten mich die Angesagten ab da und Clara warf ihre Haare nur für mich zurück.

Das bildete ich mir jedenfalls ein.

Nach sechs Monaten Training war ich soweit. Ich besorgte ich mir das richtige Outfit: Graue Trainingshose, Shirt mit „hell yeah" Aufdruck und dunkelblauweiße Sneakers. Durfte alles nicht teuer aussehen, denn Traceure verabscheuen Kommerz.

Ich ging zum Bahnhof. Mit Herzrasen ohne Ende. Aber ich nahm meinen Mut zusammen und sprach einen Typen aus dem Team an.

„Hey sag mal, kann ich bei euch mittrainieren?"

Mir war heiß in dem Moment, ich glaube ich wurde auch rot.

„Von mir aus", sagte er zu meiner Überraschung.

„Aber entscheiden muss das Tayfun. Ich bin übrigens Dominik, du kannst mich Dom nennen."

Dom stellte mich den anderen Jungs vor: Kiyun und Niels. Wenn Kiyun neben mir steht, sehen wir aus wie Gimli und Gandalf aus *Der Herr der Ringe*. Er mag Trainingskleidung mit den drei Streifen an der Seite. Wenn er läuft und springt, erkennt man ihn daran schon von weitem. Niels steht auf graue Schlabberhosen und trägt abgerannte Schuhe. Außerdem ein Cap, immer dasselbe. Keine Ahnung, wie er es schafft, dass es ihm nie herunterfliegt.

Ihr Leader heißt Tayfun. Er ist Türke.
„Du bist doch viel zu jung“, meinte Tayfun als Dom mich vorstellte.
„Wie alt bist du, zwölf? Kannst du überhaupt schon etwas?“
Ich entschied mich, ihm genau das zu zeigen.
Aber ich war nervös. Beim Anlauf auf die steile Treppe versagten mir fast die Beine und ich stolperte ungeschickt. Tayfun stöhnte auf. Ich sprintete los, übersprang die ersten zehn Stufen. Kam mit einer perfekten Landung auf, brauchte nur ein Zwischenschritt, übersprang die nächsten zwanzig Stufen. Landete mit einer Roulade am Boden. Anerkennendes Raunen und Nicken der Jungs als ich mich umdrehte. Tayfun dagegen ungerührt. Stattdessen trocken:
„Wenn du dich verletzen solltest, nennst du deinen Eltern keinen von unseren Namen verstanden? Du bist für dich selbst verantwortlich. Komme jeden Freitag, Sonntag und Dienstag um fünf her. Nebenbei trainiere deine Kondition, zehn Kilometer Laufen am Tag Minimum.“
Damit hatte ich nun wirklich keine Probleme mehr.
„Ich bin übrigens fünfzehn“, rief ich ihm noch hinterher. Er hörte mich nicht mehr.
Seit ich im Team bin, füllt Parkour einen Großteil meines Tages aus. Mein Körper ist jetzt stark, dasselbe gilt für meine Beliebtheit an der Schule. Irgendwie ist es so,

als ob mein Leben von vorne beginnen würde. Niemand im Team weiß von meinen früheren Unsicherheiten, von meinen durchschnittlichen Noten oder meiner spießigen Familie. Hier werde ich nur an meine körperlichen und technischen Fähigkeiten gemessen. Ich liebe es. „Ab jetzt beginnt für mich das Leben" dachte ich damals. Aber so einfach ist es dann doch nicht.

Kapitel 3: Schokoküsse

Bahar

Er ist groß, aber wahrscheinlich nicht viel älter als ich.
Hat große Augen und riesige Pupillen. Jedenfalls als er
die noch offen hatte. Unheimlich sah das aus, ich konnte
ihn gar nicht richtig anschauen.
George beschnüffelt sein Gesicht.
„Hej, was ist?", frage ich den Jungen.
Er zittert extrem, als ich vor ihm niederknie.
Was mache ich jetzt? Mein Baba hatte neulich seine
Erste-Hilfe-Kenntnisse in einem Kurs aufgefrischt und
mir danach gezeigt, wie man eine Herzmassage macht.
Aber der Typ atmet ja noch, da ist wohl kaum das Herz
stehen geblieben. Ich könnte ihm als erstes mal mit meiner Jacke zudecken. Ich ziehe meine aus. Kalt ist mir
nicht, zum Frieren bin ich viel zu aufgeregt. Ich rüttle
vorsichtig an seiner Schulter und spreche ihn an:
„Hallo?"
Keine Reaktion, nur Zittern. Warum, verdammt noch
mal, kommt jetzt kein Jogger vorbei? Ich muss einen
Krankenwagen rufen. Ja genau. Ich krame mein Handy
aus der Tasche meiner Lederjacke, die über dem Jungen
liegt. Muss man mit Handy eine Vorwahl wählen, oder
reicht die 112? Oder war es 110? Mensch, das weiß doch
jeder. Ich entscheide mich für die 110.
„Polizeipräsidium Zwei", höre ich am anderen Ende.
„Verzeihung, ich habe mich verwählt, ich brauche einen
Krankenwagen."
Die Ärzte aus dem Rettungswagen fragen mich nur

kurz, was passiert ist. Eine Frau macht mich an, weil ich keine Handschuhe trage, trotz des Blutes. Man müsse sich doch vor HIV schützen. Soll ich jetzt immer Erste-Hilfe-Handschuhe bei mir tragen, falls mir mal ein Typ vor die Füße fällt? Hätte mir allerdings auch bei der Hundescheiße vorhin geholfen.

Wie ich heiße, interessiert sie nicht. Sie schieben mich beiseite und beugen sich über den Jungen. Sie fragen ihn, wie er heißt, aber er antwortet nicht. Sie heben ihn in den Wagen und fahren davon. Mit Blaulicht. Niemand sieht mich an, niemand hört mir zu, niemand bemerkt mich. Trotz George. Obwohl er ein süßer kleiner Mops ist. Niemand geht sonst an ihm vorbei ohne „oh wie süüüüß" zu rufen.

Das Einzige, das mich an das gerade Geschehene erinnert, ist meine Lederjacke. Mir ist kalt, wo ist sie? Achtlos ins Ufergebüsch geschmissen. Ich zerre sie vorsichtig da raus und befreie sie vom Gestrüpp. Als ich sie ausschütteln will, bemerke ich im Innenfutter etwas Feuchtes. Flusswasser ist das nicht.

Es ist sein Blut, das an ihr klebt.

Ben

Sie haben mich relativ schnell wieder aus dem Krankenhaus entlassen. Seitdem ich wieder Zuhause bin, befinde ich mich unter Dauerbeobachtung meiner Eltern und Sophie. Zeit für mich allein habe ich nachts wenn ich schlafe. Aber auch da geht manchmal kurz das Licht an und einer von den Dreien schaut, ob ich noch atme. Dabei geht's mir echt schon wieder gut. Krankenhaus wäre gar nicht nötig gewesen. Glaubt mir: Wasser ins Gesicht, ein, zwei Backpfeifen und ich wäre wieder da gewesen.

Gerade sitze ich unter der Trauerweide im Garten und quäle mich mit Mathe. Mein Vater wühlt in seinem Hochbeet herum. Früher habe ich immer mit ihm Grüne Soße aus seinen Kräutern gemacht. Unser Spezialrezept gewann sogar einmal einen Preis bei einem Stadtteilfest.

Jetzt kochen wir nicht mehr viel zusammen. Es ergibt sich einfach nicht. Wir gehen uns lieber mehr oder weniger aus dem Weg.

Jetzt kommt er allerdings gerade auf mich zu.

„Hey Bro, wie läuft es mit der Schule?"

Ich glaube, die Wörter hat er sich aus irgendeiner amerikanischen Sitcom abgeschaut.

„Läuft", entgegnete ich knapp und beuge meinen Kopf betont abwesend über mein Matheheft.

„Und, auch mit deinen Freunden alles klar? – Timo ist schon lange nicht mehr hier gewesen."

„Alles in Ordnung Papa", antworte ich genervt.

Ich kann mir nicht verkneifen, meine Augen zu verdrehen. Das bemerkt er natürlich. Er sagt nichts mehr und sieht sich stattdessen seine Fingernägel an.

Unser Schweigen wird von meiner Mutter unterbrochen. Sie kommt mit einer Packung Schokoküsse aus dem Haus. Das ist ungewöhnlich. Ihre Ernährung besteht normalerweise aus fettfreiem Joghurt, Gemüse, Obst und magerer Hühnerbrust. Meine Mutter war früher einmal Schönheitskönigin. Miss Hessen. Die

Schärpe hängt im Schlafzimmer über ihrem Schmink-
spiegel. Sophie und mich interessiert das nicht groß. An
Muttertag frage ich sie aber, ob sie nicht gerade beim
Friseur war. Das freut sie dann doch enorm. Anschei-
nend hat sie nicht bemerkt, dass sich mein Spruch jedes
Jahr wiederholt.
„Möchtet ihr?" bietet Mama uns einen Schokokuss an.
Papa greift zu, ich lehne dankend ab.
„Hast du immer noch keinen Hunger?" fragt sie in ei-
nem besorgten Ton.
„Du hast schon wieder dein Mittagessen komplett ste-
hen lassen."
Mich lässt sie essen, auch ungesunde Sachen. Da war sie
noch nie besonders streng.
„Ich esse später etwas", versuche ich sie zu beruhigen
und beuge mich wieder über meine Hausaufgaben.
Meine Mutter nimmt sich selbst einen Schokokuss.
Nicht, ohne sich dafür zu entschuldigen:
„Ich habe heute Morgen kaum gefrühstückt und gerade
auch nur eine Möhre gegessen. Da kann ich mir das ja
wohl mal erlauben, oder nicht? Was meinst du Georg?"
Mein Vater schaut sie irritiert an, er scheint die Frage
nicht ganz zu verstehen.
„Natürlich", murmelt er nur kurz und fängt dann an,
sich interessiert über meine Matheaufgaben zu beugen.
Das irritiert wiederum mich, ich richte mich auf und
unterbreche meine Arbeit. Mein Vater zieht das Heft zu
sich, ich versuche noch, es festzuhalten. Er kontrolliert
fachmännisch meine gelösten Aufgaben.
„Oh, da hast du dich verrechnet", verkündet er schließlich triumphierend.

„Und da hast du den Fehler noch einmal gemacht."

Freut er sich etwa darüber?

„Komm Ben, ich zeige dir, wie es funktioniert. Hast du mal ein leeres Blatt?"

Mir schwant nichts Gutes, aber ich gebe ihm meinen Block. Er fängt an, auf mich einzureden:

„Erst muss das X durch eine Teilung auf die andere Seite, dann kannst du hier die Differenz aus der dritten Zeile eintragen und schon hast du die Summe aus X."

Er kritzelt wild die Zahlen auf das Blatt. Es hat nichts mehr mit der Rechenmethode zu tun, die wir in der Schule beigebracht bekommen. Als er fertig ist, sieht er mich genugtuend an.

„Das ist doch so viel einfacher oder nicht Ben? Und jetzt du, ich will mal sehen, ob du alles verstanden hast."

Das Letzte, das ich jetzt ertrage, ist eine stundenlange Mathestunde mit meinem Vater. Er wird erst dann Ruhe geben, wenn ich fünf Mal auf das richtige Ergebnis gekommen bin. Ich muss hier irgendwie raus.

„Danke Papa", sage ich und versuche ihn möglichst freundlich dabei anzusehen.

„Das ist ja viel einfacher so!"

Ich hoffe, es hörte sich einigermaßen enthusiastisch an.

„Dann kann ich später die restlichen Aufgaben ganz einfach lösen, aber jetzt muss ich zum Training."

Ich stehe auf und stopfe meine Sachen schnell in die Tasche.

„Du willst doch wohl nicht wieder zu diesem Turnen gehen."

Meine Mutter spricht mit vollem Mund.

„Nein, zum Turnen gehe ich nicht, mein Sport nennt

sich Parkour, Mama. Das habe ich dir schon öfter erklärt." „Das ist doch viel zu schwer für dich Benni!"
Ich mag es nicht, wenn sie mich so nennt.
„Nein, ist es nicht", entgegne ich ihr bestimmt.
„Na, das haben wir ja neulich gesehen. Nein, du bleibst hier. Basta", mischt sich jetzt auch noch mein Vater ein. Ich beachte ihn nicht weiter, nehme meine Tasche und will gehen.
„Benni bleib hier und setz dich", bittet mich meine Mutter und sieht mich mit ihren traurigen Augen an.
Ich habe Mitleid, auch wenn ihr etwas Schokolade am Mundwinkel hängt und ich eigentlich darüber lachen würde. Also setze ich mich noch einmal zu ihr, den Rucksack schon auf dem Rücken. Sie sieht mir fest in die Augen. Ich sehe, dass sie es ernst meint.
„Willst du nicht doch lieber mit dem Sport aufhören?"
„Nein Mama, ich bin gut darin. Mach dir keine Sorgen."
„Jetzt sei mir nicht böse, aber ich finde, du brauchst etwas anderes. Du kannst doch zugucken. Zum Beispiel beim Fußball. Sieh mal, ich habe dir auch eine Saisonkarte für die Kickers gekauft. Henninger-Tribüne, gleich neben Papa, na was sagst du?"
Ihr freudenstrahlendes Gesicht kann ich nicht teilen. Fußball? Mit meinem Vater?
„Das ist so ein interessanter Sport, Benni."
Interessanter Sport? Hinter einem Ball her rennen und sich alle fünf Minuten jammernd auf den Boden werfen?
„Warum hast du mich nicht vorher gefragt, Mama?", frage ich sie.
„Zum Parkour gehst du jedenfalls nicht mehr."

Aus meinem Vater kommt mal wieder nichts Brauchbares heraus. Er legt einen Arm um sie:
„Ich glaube, ich könnte doch einen Schokokuss gebrauchen." Er nimmt ihr die Packung aus der Hand.
„Oh", widerfährt es ihm, „schon leer."
„Jetzt tu bloß nicht so, als wäre ich verfressen!", schreit meine Mutter plötzlich los. Ich zucke zusammen und habe damit doch noch etwas mit meinem Vater gemeinsam.
„Du hast auch eine ganz ordentliche Wampe entwickelt durch diese Biertrinkerei!"
Irritiert schaut er zuerst auf seinen Bauch, dann auf meine Mutter.
„Ich wollte nicht...", fängt er an.
Meine Mutter springt auf und läuft im Stechschritt zurück ins Haus.
„Du hast so eine schöne Frau wie mich überhaupt nicht verdient!"
„Was ist denn bloß los mit dir?" mein Vater läuft ihr hinterher.
Ich nutze die Gunst der Stunde, springe über die Hecke und weg bin ich.

Bahar

Ich kann mich schon nicht mehr richtig erinnern, wie der Typ aussah. Dabei hatte ich seinen Kopf in meinen Schoß gelegt. Der Boden war ja hart. Er sah müde aus. Seine Haare waren weich. Was ist wohl los mit ihm?
In der Schule heute bin ich unkonzentriert, noch immer denke ich an den Jungen und an meine Anne. Die hat

mir Hausarrest verpasst. Natürlich glaubt sie mir nicht, was passiert ist.

„Eine Fünfzehnjährige hätte man wohl kaum allein im Dunkeln am Fluss stehen lassen", meint sie.

Für meine Freundin Sarah ist das durchaus plausibel. Sie ist ganz von den Socken von meiner Story. Gut, ich male sie auch ein wenig aus. Sarah denkt nun, ich hätte jemanden mit einer Herzmassage das Leben gerettet und meine Anne habe mir danach eine Ohrfeige verpasst. Sie reagiert angemessen. Will alles von der Erste-Hilfe-Aktion wissen und schimpft wie ein Rohrspatz über Anne.

Nach dem Schlussgong gehe ich zum Spiel. Das lasse ich mir von niemand verbieten. Als ich auf den Fußballplatz zugehe, sehe ich Clara schon von weitem. Sie steht lässig an einem Baum gelehnt, kichert und wirft ihr blondes Haar zurück. Das macht sie im Schnitt dreißig Mal pro Minute. Ich habe schon oft mitgezählt und die Zeit gestoppt. Warum finden die Typen das nicht auch nervig? Die Hacken ihrer Schuhe sind mindestens acht Zentimeter hoch, will sie darin spielen? Ich gehe an ihr vorbei, ohne sie zu beachten.

Beim Spiel bin ich sowas von gut in Fahrt. Wir treten gegen das Team von Victoria Fechenheim an und haben mindestens achtzig Prozent Ballbesitz. Es ist die siebzigste Minute. Wir sind kurz davor, endlich das verdiente Tor zu schießen. Ich habe bereits zwei Chancen gehabt. Der eine Schuss ging an die Latte, der andere wurde von der Keeperin gehalten. Eine Glanzparade zugegebenermaßen. Jetzt muss dringend das Tor fallen.

Sandrine passt mir von der Mittellinie den Ball direkt vor die Füße.

Ich lege also los, umdribble die Mittelfeldspielerin und sprinte ihr einfach davon. Das Tor kommt immer näher. Ich überlege, es spektakulär zu machen, mit einem Hackenschuss oder so. Aber der Ball liegt noch nicht richtig. Also renne ich weiter, entscheide mich für die rechte Torecke. Da reißt mich doch im ernst so eine Abwehrkuh am Trikot nach hinten. Ich stolpere über den Ball und fliege auf die Nase. Ich höre Claras kurzes spitzes Lachen, dann Räuspern. Außer mir springe ich auf und erzähle der Fechenheim-Tuse deutlich, was ich von ihr halte. Und der Schiedsrichterin auch. Ich komme mit gelb davon.

Los, weiter jetzt, denke ich mir. Ich laufe zu meiner Position und klatsche in die Hände. Und verstehe nicht, warum es nicht endlich weitergeht. Meine Teamkolleginnen winken mir zu und deuten auf den Coach.

Er wechselt mich aus - gegen Clara. Natürlich klatsche ich sie nicht ab, als ich an ihr vorbei gehe. Mein Coach hält mir sowas von eine Standpauke. Jubeln im Hintergrund. Klar, Clara hat das 1:0 geschossen und lässt sich jetzt von ihren Jungs-Groupies und einigen Eltern genüsslich abfeiern.

Dann taucht auch noch Anne auf.

„Hausarrest findet zu Hause statt, liebe Tochter, wie der Name schon sagt. Wie lange musst du noch spielen?"

„Sie muss heute gar nicht mehr spielen."

Der Coach will mit ihr sprechen, ich soll schon mal zum Auto laufen.

„Musst du noch zum Beten?", ruft mir Clara zu, als ich

den Platz verlasse.

Ihre Jungs lachen sich schlapp über diesen grandiosen Witz. Leider fällt mir mal wieder kein Konter ein. Kommt wahrscheinlich später in meinem Zimmer. Dann kann ich mit Mo, meinem Teddy diskutieren. Oder mit dem Mops. Der kläfft mir jetzt schon von weitem entgegen. Er hasst es, wenn man ihn einsperrt. Vor dem Auto stehend, überlege ich es mir anders. Ich renne los, begleitet von George´s lauter werdender Bellerei. Die geht in ein Jaulen über, je weiter ich mich vom Auto entferne.

Meine Anne ist unmöglich. Sie wird noch meine Karriere zerstören, bevor sie überhaupt begonnen hat. Tayfun muss mir helfen. Es geht um meine Zukunft, da kann es keinen Hausarrest geben.

Auf ihn wird Anne schon hören.

Ben

Eine Kombination aus Ausdauer- und Krafttraining ist das Ah und Oh bei Parkour. Nur wenn du genug Kraft hast, kannst du die Trainings durchstehen. Meine Eltern wissen nicht, dass ich hier bin. Niemals hätten sie mich gehen lassen, nach der Ohnmachtssache neulich. Mama denkt, ich sitze gerade in meinem Zimmer und schaue ein Video oder schlafe. Ich habe abgeschlossen, wie ich es immer mache. Allerdings von außen und nicht von innen. Ich brauche diese Ablenkung und ich brauche mein Team.

„Hallo Jungs, fünf Minuten Seilspringen, dreißig Liegestütze, fünfzig Situps und dann das Ganze von vorn", begrüßt mich Tayfun.

Vorher haben wir uns abgeklatscht und uns ein wenig über unsere Klamotten aufgezogen. Diesmal trifft es nicht mich, sondern Dom, der auffällig neongelbe Sportschuhe trägt.

„Willst du im Dunkeln spazieren gehen oder was ist das?", lachen ihn die anderen aus.

„Ha ha, sehr witzig", kontert er gelangweilt.

Jetzt zeigt er, was er mit dem Seil draufhat: Seine neongelben Schuhe werden zu flackernden Lichtstreifen, so schnell ist er.

Das kann man heute von mir nicht behaupten.Um ehrlich zu sein, bin ich schon jetzt, nach einer Minute, vollkommen fertig. Ich komme aus dem Rhythmus und verheddere mich im Seil. Ich falle auf die Knie. Die anderen lachen, sie halten es für ein Missgeschick. Sie sind schon zu den Liegestützen übergegangen. Da es mir eh schwer fällt, wieder hoch zu kommen, bleibe ich gleich unten und mache es ihnen nach. Doch nach fünf Stützen ist Schluss. Meine Armmuskeln sind auch nicht mehr das, was sie mal waren. Inzwischen wünsche ich mich tatsächlich in mein Zimmer zurück. Ich gebe ein elendiges Bild ab. Niemand soll denken, dass ich schlechter werde - zu hart habe ich mir diesen Platz im Team erkämpft. Unser Dreh steht kurz bevor. So ein Rapper, Maddog heißt der, hat uns angefragt. Der findet unsere Moves klasse und will sie in seinem neuen Musikvideo einbauen. Der ist hier eine richtig große Nummer. Wir waren total aus dem Häuschen, als wir von der Anfrage hörten. Wenn die Leute das Video sehen, bekommen wir bestimmt einen Auftrag nach dem anderen. Dann steht einer Karriere als Stuntman nichts mehr im Wege.

„Verdammt, diese blöde Hose rutscht", schimpfe ich vor mich hin, setze mich auf und beginne am Bund zu nesteln.

Die anderen grinsen mich an. Sie springen schon wieder auf, greifen nach ihren Seilen.

„Na juckt´s?", fragt mich Niels.

„Komm schon Ben, was ist denn los?", ruft Tayfun.

Der Mann ist gnadenlos. Ich stehe wieder auf, nehme mein Seil. Niemals werde ich mehr als drei Sprünge schaffen. Aber mir fällt langsam keine Ausrede mehr ein.

Da sehe ich sie aus den Augenwinkeln. Kurze nach oben gestylte Haare, Lederjacke, skeptischer Blick. Sie sitzt auf einer Treppe im Schneidersitz, die Arme verschränkt.

Dieses Mädchen ist meine Rettung. Ich gehe zu ihr. Überlege nicht lange, sondern baggerte sie frontal an.

„Hej jo Süße, gefällt dir was du siehst? Hast du schon mal solche Muskeln gesehen?"

Ich pumpe sie auf, selbst das ist eigentlich gerade zu anstrengend für mich. Man, bin ich müde. Ich halte ihr meinen Arm vors Gesicht. In meinen Augenwinkeln sehe ich die überraschten Gesichter meiner Jungs. Und das sehr Wütende von Tayfun.

„Du stinkst", sagte das Mädchen.

Klar, ich schwitze. Vielleicht hätte ich den Arm nicht ganz so weit heben sollen. Ich muss das Gespräch am Laufen halten. Sofern es eines ist, da bin ich mir gerade nicht sicher. Ich sehe sie an. Sie sieht türkisch aus. Die stehen doch alle auf diesen *Haftbefehl*.

„Der Schweiß vom Babo ist fett, Alde, du solltest ihn mal tasten."

Sie zieht eine Augenbraue hoch und mustert mich verächtlich von oben bis unten. Irgendwie sieht sie auch mehr nach Rockerbraut aus als nach Hip Hopperin, das hätte ich auch gleich sehen können, ich Idiot.

„Wer ist hier fett?", das ist Tayfun.

Er steht direkt hinter mir. Mit einem Arm schiebt er mich beiseite, schlingt seinen Arm um meinen Hals und drückt mich an sein Ohr.

„Wenn du weiter hier trainieren willst, hältst du dich gefälligst von meiner Schwester fern. Sonst gebe ich dir was zum tasten und zwar meine Faust. Und jetzt verpiss dich, aber schnell."

Der Himmel ist gnädig. Ich nehme meine Trainingstasche und verschwinde.

Bahar

Schon von weitem sehe ich Tayfuns Neonshirt. Ich will mit ihm reden. Er hasst es, wenn man ihn vom Sport abhält. Das haben wir gemeinsam. Aber ich kann warten, setze mich auf eine Treppe und sehe ihnen zu. Ich beobachte nur meinen Bruder. Plötzlich fällt jemand neben ihm. Moment. Ich erkenne ihn sofort. Hach, jetzt bin ich aufgeregt. Peinlich. Wird er mich wieder erkennen, sich vielleicht bei mir bedanken? Wird er mich auf eine Cola einladen? Es scheint ihm deutlich besser zu gehen, wäre er sonst hier? Ich bin auch neugierig und will erfahren, was gestern los war. Gerade legt er sich in Liegestützenposition, bricht aber abrupt ab, sieht in seine Hose, was sucht er da? Er steht auf und... kommt direkt auf mich zu. Oh ha.

Aber er lädt mich nicht auf eine Cola ein. Weder bedankt er sich bei mir noch erkennt er mich überhaupt. Stattdessen baggert er mich frontal mit den miesesten rassistischen Sprüchen an, die ich jemals gehört habe. Am liebsten würde ich anfangen zu heulen. Aber dann siegt meine Wut und ich lasse ihn gehörig spüren, was ich von ihm halte. So ein Idiot. Typisch deutsch. Tayfun erledigt den Rest für mich und zeigt ihm, wie Türken mit Typen umgehen, die ihre Schwester beleidigen. Nie war ich stolzer auf ihn als in diesem Moment.

Kapitel 4: Barbier Zengin

Ben

Ich schleiche in mein Zimmer. Zumindest habe ich das vor. Doch meine Mutter passt mich ab. Sie sitzt im Flur neben meiner Tür und sieht mich an. Sie hat eine Tüte Gummibärchen in der Hand. Ich möchte jetzt nicht mit ihr diskutieren. Ohne Kommentar schließe ich mein Zimmer auf und von innen wieder ab. Draußen höre ich meine Mutter schluchzen. Ich will zu ihr gehen, aber was soll ich zu ihr sagen? Außerdem bin ich so müde. Ich lege mich aufs Bett und schlafe sofort ein.
Ein Hämmern an der Tür weckt mich wieder. Es ist meine Schwester Sophie.
„Ben, jetzt lass mich mal rein - geht´s dir gut?"
Ich antworte nicht.
„Ben, wenn es dir nicht gut geht kann ich dir einen Tee machen. Vielleicht auch einen Keks dazu?"
Ich fasse es nicht, die verhält sich schon wieder als sei sie meine Mutter. Dabei ist sie nur drei Jahre älter als ich.
„Kann ich nicht mal zehn Minuten pennen, man?", rufe ich ihr durch die Tür zu, ohne mich zu bewegen.
„Zehn Minuten sind gut. Mama sagt, du bist schon seit fünf Stunden da drin.
Sie ist kurz davor, die Tür aufzubrechen."
Ich schaue auf meinen Wecker. Wie ich erschrocken feststellen muss, hat sie Recht. Also quäle ich mich aus meinem Bett und öffne dem Quälgeist. Meine Muskeln

melden sich, jeder Schritt fühlt sich an, als würden Scheren in sie hineinschneiden. Ich lasse mich wieder auf meinen Sessel fallen. Kaum zu glauben, dass ich so lange geschlafen habe. Sophie sieht sich um. Sie tritt an mein Bett, zieht das Laken glatt und schüttelt meine Bettdecke auf. Sie öffnet das Fenster. Als sie fertig ist, setzt sie sich auf die Bettkante, zieht ihren Rock nach unten und schlägt die Beine übereinander. Mit ihrer Brille sieht sie aus wie eine Bankerin. Ganz die Lieblingstochter ihres Vaters.

„Ben", beginnt sie, „ich habe heute einige Stunden für dich recherchiert."

Jetzt ähnelte sie mehr meiner Lehrerin.

„Hast du schon mal von Maca gehört?"

„Hört sich nach was Türkischem an", antworte ich ihr und versuche, nicht ganz so schläfrig zu klingen.

Das erinnert mich an die Ereignisse früher am Tag. Das Mädchen, das ich angebaggert habe, war also Tayfuns Schwester. Sie muss mich für den letzten Proleten halten. Sie hatte Wut und noch etwas anderes in ihren Augen, als ich meine Show abzog. Überraschung oder Enttäuschung? Irgend sowas.

„Das kommt aus den Anden, Ben."

„Was?"

„Na, das Maca."

„Aha"

Sophie holt ein sauber gefaltetes Blatt aus ihrer Rocktasche, faltet es auseinander. Es ist mit „Ben" überschrieben und vollgetextet. Einige Überschriften hat sie mit einem Textmarker farblich abgesetzt. Sie beginnt:

„Also Maca ist eine Kulturpflanze der Inkas - sie wird

bereits seit 700 v. Chr. von den Einwohnern Perus als
wertvolles Nahrungsmittel genutzt. Sie wächst aus-
schließlich in den peruanischen Anden bei etwa 4.100 –
4.800 Meter über dem Meeresspiegel. Man kann das
Maca auch hier in Deutschland kaufen, als Tabletten o-
der Pulver. Ich hab dir schon mal eine Packung besorgt.
Ganz schön teuer das Zeug, aber was macht man nicht
alles für sein Bruderherz."
Sie lächelt und spricht ohne zu atmen weiter. Ohne
Punkt und Komma. Ich habe mich schon immer ge-
fragt, wie sie das macht. Ich würde einen Knoten in die
Zunge bekommen. Irgendwann fängt sie an, nach Luft
zu schnappen. Das ist meine Chance. „Warum soll ich
die nehmen?"
„Na weil sie vitalisierend sind und einem einen Kräfte-
schub geben, hab ich doch gerade gesagt."
Sie sieht mich verständnislos an.
„Nein, hast du nicht", korrigiere ich sie.
„Also, ich finde, du solltest es mal probieren. Hier gibt
es so Studien,… ich hab dir das mal ausgedruckt."
Sie drückt mir ihre Zettel in die Hand.
„Und wenn das nicht hilft, habe ich auch noch eine Al-
ternative. Wusstest du, dass Gewürze heilende Kräfte
haben? Jedes Gewürz ist für etwas gut. Es ist nur wichtig, dass sie nicht verkocht werden. Also, du müsstest
mit Mama reden. Sie darf die Gewürze erst nach dem
Kochen ins Essen geben. Ich lese dir mal die Liste vor,
insgesamt sind es vierundzwanzig. Rosmarin ist anre-
gend, schmerzstillend und tonisierend. Basilikum ist…"
„Sophie hör auf", stoppe ich sie.
„Das ist wirklich sehr lieb von dir, aber ich würde jetzt

gerne allein sein."
„Aber... wirst du die Tabletten nehmen?"
„Ja klar, gib her."
Ich reiße ihr die Packung aus der Hand und feuere sie auf den Schreibtisch. Sie sieht gekränkt aus.
„Und ich rede mit Mama wegen der Gewürze, ja?"
„Lass sie mal in Ruhe im Moment", rate ich ihr.
„Aber ich habe doch extra für dich stundenlang..."
Ihre Augen sind feucht geworden.
„Das ist lieb Sophie, aber jetzt geh bitte, ok?"
Ich schiebe sie aus meinem Zimmer und schließe wieder ab. Auch wenn Sophie mich oft nervt, ich sehe sie nicht gerne traurig. Aber hätte ich sie jetzt nicht rausgeschmissen, hätte ich ihr wahrscheinlich noch sonst was an den Kopf geworfen.
Ich lege mich deprimiert aufs Bett und starre die Maca-Tabletten an. Eigentlich gar keine schlechte Idee. Ich muss irgendwie wieder zu Kräften kommen. Wie soll ich es sonst schaffen, im Team zu bleiben? So einen Schwächeanfall darf unter keinen Umständen noch mal vorkommen. Aber ob Maca und Rosmarin mir so helfen wie ich es jetzt brauche?
Nein, es muss etwas Härteres her.

Bahar

Ich laufe mit Tayfun von der Haltestelle zu unserer Wohnung. Während des Heimwegs haben wir über den Jungen und seine Anmache geredet.
„Typisch deutsch", sind wir uns einig.
„Sie denken, sie könnten mit blöden Ghettosprüchen

bei uns landen.“

Tayfun lässt kein gutes Haar an ihnen. Deutsche Männer wüssten eben nicht, wie man eine Frau behandelt.

„Ben ist eh viel zu jung, um eine Frau anzugraben. Und meine kleine Schwester schon mal gar nicht.“

Er zwinkert mir zu. Er heißt also Ben.

„Warum trainierst du dann mit ihnen?“, frage ich ihn.

„Da geht es nur um Parkour, die meisten Jungs haben echt was drauf.“

„Ben ja wohl nicht“, kichere ich.

„Warum?“, fragt Tayfun mich.

„Na ja, vorhin ist er doch ständig über seine eigenen Füße gestolpert.“

„Ach, das war ein Missgeschick, ist ihm sonst noch nicht passiert. Sportlich schätze ich den Typen.“

Ich überlege, ob ich Tayfun von der Sache am Fluss erzählen soll. Aber bevor ich mich entscheiden kann, höre ich die Stimme unseres Babas. Ich drehe mich um: Er kommt im Laufschritt auf uns zu.

„Hey, meine zwei Lieblingskinder“, begrüßt er uns überschwänglich auf Türkisch.

Er ist völlig außer Atem und nimmt uns gleichzeitig in die Arme. Dabei verrutscht seine Brille und hängt ihm nun schief im Gesicht. Wir müssen lachen.

Ich liebe meinen Baba. Er ist genau wie ich. Wir brauchen uns manchmal nur anzusehen, um zu wissen, was der andere gerade denkt. Er ist auch derjenige in der Familie, der unsere türkischen Traditionen bewahrt. Mein Baba besitzt den schönsten türkischen Friseursalon der Stadt: „Barbier Zengin.“ Als Kind habe ich hier viel Zeit verbracht und auch jetzt bin ich immer mal wieder gerne Gast. Dann trinke einen schwarzen Tee mit Baba wenn er gerade mal eine Pause macht. Was aber selten vorkommt.

Tayfun, Baba und ich gehen ins Haus und freuen uns auf unser gemeinsames Abendessen. Doch da haben wir die Rechnung ohne meine Anne gemacht. Schon im Flur höre ich eine Frauenstimme, die ich nicht kenne: „Und den Respekt vor der Mutter bei euch Türken finde ich ganz toll.“

Sie hat also ihre deutschen Frauen zu uns eingeladen. Sie kennen sich aus einem VHS Kurs: „Weihnachtsmenü International“. Wir haben zwar erst August und Weihnachten feiern wir als Muslime natürlich nicht, aber egal. Meine Anne wurde, wie ich, bereits in Deutschland geboren und fühlt sich total Deutsch. Es fehlen nur noch deutsche Freunde.

„Es sollen richtige enge Freunde sein, nicht nur Bekannte. Das muss doch gehen“, sagt sie immer.

Ich bin schlauer. Ich weiß, dass sie uns Türken nicht richtig verstehen. Warum also anstrengen und unsere Kultur verraten?

„Ja, das stimmt - Mütter sind in vielen türkischen Familien die „Herrinnen der Wohnung“, höre ich Anne erklären. „Allerdings bin ich ja kaum hier wegen der Praxis, bei uns läuft alles ganz gleichberechtigt. Wir kümmern uns beide um die Erziehung der Kinder, kochen beide und arbeiten beide. Ganz modern eben.“

„Übrigens, ich war neulich in diesem neuen türkischen Restaurant und habe Lammaschuun gegessen, ganz köstlich“, ist eine andere „Freundin“ begeistert.

Im Flur ziehen wir drei uns gerade unsere Schuhe aus und werfen uns belustigte Blicke zu.

„Cem?", höre ich Anne rufen.

Sie kommt uns entgegen.

„Ach, das ist schön, dass ihr alle schon da seid - ich stelle euch mal meine Freundinnen aus dem Kochkurs vor."

„Muss das sein?", frage ich.

„Benimm dich, Bahar", murmelt sie mir zu.

Jetzt stehen wir drei vor den Frauen. Platz zum Sitzen ist nicht mehr. Mein Gott, was hat Anne alles aufgefahren? Anscheinend hat sie das gesamte Backbuch meiner Oma einmal durchgebacken. Die Frauen essen und trinken. Wir dagegen stehen in Reih und Glied vor ihnen und lassen uns anglotzen. Wenn das keine Frauen wären, käme ich mir vor, wie auf einem Ehebasar. Davon habe ich mal einen Bericht im Fernsehen gesehen. Es fehlt nur noch, dass wir uns drehen oder ihnen unsere Zähne zeigen müssen.

Anne stellt uns einen nach dem anderen vor. Erst meinen Baba.

„Das ist Cem, mein Mann. Er ist Unternehmer und betreibt in zweiter Generation einen Barbiersalon. In der Kaiserstraße, kennt ihr den vielleicht?"

Kennen sie nicht. Mein Baba lächelt freundlich, aber leicht verklemmt. Brav gibt er allen Frauen die Hand. Eine senkt ihren Blick und macht eine Art Verbeugung, als sie an der Reihe ist.

„Und das ist mein Ältester – Tayfun."

„Ah, der ganze Stolz der Familie, was?" Eine Rothaarige sieht ihn begeistert an.

„Und Tayfun, was für ein interessanter Name!"

Auch er gibt allen die Hand. Entschuldigt sich dann, er müsse dringend duschen.

„Und wer ist diese hübsche junge Dame?"

Dame, als wäre ich gerade den Zwanziger Jahren entsprungen.

„Das ist meine Tochter Bahar, fünfzehn Jahre alt, sie wird langsam erwachsen."

„In welche Schule gehst du?"

„Rudolph-Koch"

„Ah, ein Gymnasium, da hast du dich ja gut integriert. Wie schön! Die Lehrer dort sollen ja wirklich gut sein. Was sind Deine Lieblingsfächer?"

„Mathe und Sport."

„Wie ungewöhnlich für ein Mädchen!"

Langsam wird mir schlecht. Jetzt ist die Blonde dran, die gerade Annes Rosenlokum isst.

„Darf ich dich mal was fragen: In der Schule esst ihr doch auch zu Mittag. Bekommst du da Halalessen?"

Sie weiß was Halal ist. Da hat sich aber jemand informiert. Meine Anne sieht mich auffordernd an. Sie hat wieder ihr „Wir müssen den Deutschen unsere Kultur erklären und dabei sehr viel Geduld zeigen" - Gesicht aufgesetzt. Kann sie haben. Aber nicht von mir. So oft, wie Anne denen den Islam erklären muss, die könnten längst selbst Imame sein. Wenn das als Frau ginge. Die kommen sogar manchmal mit Koranversen bei ihr an und wollen ihre Interpretation dazu wissen. Wahrscheinlich haben sie selbst ihre eigene Bibel noch nie gelesen.

„Halal-Essen haben sie da nicht, also hungere ich bis ich wieder Zuhause bin. Ist manchmal ganz schön schwer, sich mit leerem Magen auf den Unterricht zu konzentrieren.“

„Bahar!“, meine Anne wird rot.

„Übrigens Mama, wann lerne ich diesen Mann aus Izmir kennen, der für mich herkommt? Du musst mir unbedingt vorher noch zeigen, wie ich das Kopftuch binde. Ich will doch einen guten Eindruck machen und die Ehre unserer Familie bewahren.“

Ich habe es geschafft. Jetzt ist es still. Meine Anne ist kreidebleich und atmet schwer. Ihre potenziellen Freundinnen glotzen mich mit großen Augen an. Sie werfen sich verstohlene und vielsagende Blicke zu.

„Bahar ist gerade in der Pubertät und macht gerne Scherze“, versucht Anne die Situation zu retten. Gequältes Lachen der Frauen.

„Anne, wann ist noch mal die Hochzeit?“

„Ich muss dann auch mal los“, fängt die erste an und stürzt den zu heißen Tee hinunter.

Sie verzieht das Gesicht dabei, aber trinkt tapfer weiter.

„Schon?“

So langsam bekomme ich Mitleid mit meiner Anne.

„Bahar macht wirklich nur Witze.“

Jetzt bettelt sie sie auch noch an. Doch die Frauen brechen auf. Ziehen sich vor der Haustür ihre Schuhe wieder an und takeln davon.

Ich rechne mit dem Schlimmsten. Jetzt wird es richtig Ärger geben. Aber meine Anne hat Tränen in den Augen, geht stumm in das Schlafzimmer und schließt von innen die Tür ab.

„Bahar, was um Gottes Willen war das?“, fragt mich mein Baba.

„Ich bin doch keine ausgestopfte Figur in einem Mu-
seum Baba", sage ich kleinlaut.
„Wen will sie noch einladen, Sarrazin? "

Kapitel 5: Wachstumsschub

Ben

Was nehme ich? Amphetamine. Nein, lieber nicht, ich
habe gehört, das Zeug wirkt erst nach Wochen.
Das Internet, mein Freund und Helfer. Ich recherchiere
zwei Stunden lang. Sophie wäre stolz auf mich. Ich weiß
jetzt, was ich besorgen muss. Das Zeug wird mich drei
Stunden am Stück fit halten, mindestens. Genug Zeit für
die Trainings. Dann muss ich sehen, dass ich nach
Hause komme. Denn Übelkeit, Halluzinationen und
Dehydrierung sind für später vorprogrammiert.
Ist es mir wert.
Jetzt brauche ich noch ein Rezept. Ob sie einem Min-
derjährigen eins ausstellen weiß ich nicht. Probieren
geht über Studieren. Ich werde zu meinem Hausarzt gehen. Der kennt mich schon lange. Als artigen und zu-
verlässigen Jungen. Er stellt schnell Verschreibungen
aus. Dafür ist er hier bekannt. Wenn ich ihn noch nett
von meiner Mutter grüße, wird es kein Problem. Er
steht auf sie, eindeutig.
Ich sehe aus meiner Tür, die Luft ist rein.
Nach zwanzig Minuten mit dem Fahrrad komme ich bei
der Praxis an.
„Na Ben, lange nicht gesehen. Geht es dir nicht gut?“
Die Sprechstundenhilfe sieht mich besorgt an. Sehr gut.
Ich erkläre ihr, ich würde derzeit an Atemproblemen leiden. Passt zu meiner Hechelei nach der Fahrradtour. Ich
bitte sie, mich einzuschieben.

„Wenn du eine halbe Stunde warten kannst, kein Problem."
Ich warte fast eine Stunde.
„Ist deine Mutter heute gar nicht dabei?"
Der Doc ist enttäuscht.
„Sie hält mich für alt genug, jetzt auch mal Dinge allein zu erledigen."
„Gute Erziehung", zwinkert er mir zu.
„Was kann ich denn für dich tun?"
„Ich fühle mich in letzter Zeit so komisch, ich kann mich überhaupt nicht mehr auf den Unterricht konzentrieren. Das geht schon seit Wochen so."
Das sei normal für meine Situation und mein Alter, erklärt er mir. Wachstumsschub, Hormone und das ganze Drum und Dran. Ja. Klar.
Ich versuche es weiter, gebe mir Mühe, verzweifelt zu klingen.
„Ich werde sitzen bleiben, das überlebt meine Mutter nicht. Ich habe gehört, es gibt da so Tabletten."
„Deine Mutter muss doch deshalb keine Tabletten nehmen. Sag ihr, sie soll mal zu mir in die Praxis kommen."
Oh Mann.
„Ich möchte die Tabletten nehmen."
„Warum?"
Irgendetwas stimmt anscheinend auch mit seinem Gehirn nicht. Vielleicht ein Schrumpfungsschub.
„Weil ich mich nicht konzentrieren kann! Bitte, ein Freund von mir nimmt die auch."
Stirnrunzeln. Es folgt ein Vortrag über die Jugend an sich und die Qualen der Pubertät. Wie es ihm damals ging. Dass das normal sei. Dass Tabletten kein Ausweg

sind. Im Moment sowieso nicht. Verschreiben die Ärzte jungen Menschen heutzutage zu schnell. Geht echt langsam zu weit. Am besten, ich komme mit meiner Mutter noch mal wieder. Homöopathische Alternativen. Ich gebe auf.

„Ich muss dann auch mal. Viel zu tun."

„Tschüss Ben, grüß Deine Mutter."

Werde ich garantiert nicht.

Bahar

„Warum weint sie?", das ist Tayfun.

Von ihm bekomme ich jetzt meine Standpauke.

„Musst du sie immer so verletzen? Warum zickt ihr beiden euch eigentlich immer an? Ich verstehe das echt nicht."

„Wir zicken nicht, wir streiten", gifte ich zurück.

„Lass sie doch einladen, wen sie will. Sie wird schon von alleine merken, dass es nichts bringt mit denen. Das musst du doch nicht für sie machen."

Damit könnte er natürlich Recht haben.

„Geh hin und entschuldige dich gefälligst."

Ich sehe Baba an. Er nickt mir zu. Also schleiche ich zur Schlafzimmertür meiner Eltern und klopfe. Hinter der Tür bleibt es stumm, ich höre nur ein Schniefen.

„Entschuldigung Anne", sage ich leise.

Immer noch keine Antwort.

Ich schnappe mir die Leine und den Mops, murmele „geh mal mit dem Hund raus" und bin weg.

Vor der Tür weine ich los. Das tut gut. Blöderweise steht schon wieder diese Nachbarin vor mir. Verfolgt die mich?

„Oh, Kleine, was ist denn los? Kann ich dir helfen?"
Sie soll mich bloß in Ruhe lassen. Vermutlich denkt sie, ich werde von meinen islamistischen Eltern geschlagen. Ich gehe so schnell wie möglich davon. Nur, wohin ich soll, weiß ich nicht. Weg von Menschen auf jeden Fall. Also biege ich in einen Feldweg ein. Hier gehe ich eigentlich nie lang. So richtig kenne ich mich noch nicht aus. Aber die Umgebung gefällt mir. Links und rechts sind Felder, manchmal ein Schrebergarten. Dahinten muss irgendwo der Fluss sein. Jetzt weiß ich nicht mehr, wo ich bin. Ich stehe vor einem See. Sogar einen kleinen Sandstrand gibt es hier. Wunderschön, warum habe ich den vorher noch nicht entdeckt? Keine Menschenseele. Nur ich, George, ein paar Enten und Schwäne. Ich setze mich auf einen Steg. George buddelt an einem Busch herum und hat mit sich zu tun. Keine Flugzeuge am Himmel, die Windrichtung scheint sich gedreht zu haben. Der See glitzert dunkelblau und plätschert vor sich hin. Das ist mein neuer Lieblingsort, das steht fest. Es wird langsam dunkel am Himmel. Ich sollte bald mal herausfinden, wie ich wieder nach Hause komme. In der Ferne entdecke ich nun doch einen Menschen. Er liegt am Strand. Es nützt nichts. Ich muss sie oder ihn fragen, wie ich wieder in die Mecklenburger Straße komme. Ich gehe um den See herum auf die Person zu. Doch die ist plötzlich weg. Ein Plätschern sorgt dafür, dass ich mich umdrehe. Ein nackter Mann kommt direkt auf mich zu. Nach einer Weile des Schweigens lächelt er mich an.
„Hey, wie geht´s?"
Ich muss ihn lange angestarrt haben.

„Perversling!", schreie ich.
Mehr fällt mir gerade nicht ein. Ich drehe mich um und stürze den Weg hinunter. Vorbei an dem FKK-Schild, vorbei an den Toiletten, den Sträuchern. Plötzlich stehe ich mitten auf dem Deich. Halleluja, ich weiß wieder, wo ich bin. Ich atme beruhigt auf. Für heute habe ich genug gesehen. Ich laufe nach Hause. Ein Stück den Deich entlang, durch die Wohnanlage, an der Gärtnerei vorbei. Damit es schneller geht, nehme ich wie immer die Abkürzung über den Friedhof. Der ist um diese Zeit schon offiziell geschlossen. Aber ich weiß, dass die Hausmeister die Drehüren meist offen lassen. Es ist schon deutlich dunkler geworden. Ein wenig unheimlich ist es hier schon. Gut, dass ich George dabei habe. Nur hier und da leuchten kleine rote Kerzen auf den Gräbern. Die großen Bäume, die ich tagsüber edel und beruhigend finde, schlagen jetzt dunkle Schatten. Ich kann fast nichts mehr sehen. Aber ich kenne meinen Weg. Erst links herum. An der Trauerhalle vorbei. Nach rechts, um schließlich... was ist das? Zwei Gestalten. Eine große, eine kleine. Ich verstecke mich blitzschnell hinter dem Grabstein eines größeren Familiengrabs. Ich zerre den Mops heran und drück ihn gegen mich. Er versteht das falsch und fängt an, mit mir zu kuscheln und mein Gesicht abzuschlecken.
Ich habe schon öfter gehört, dass hier mit Drogen ge- dealt wird. Die Beiden da vorne fänden es bestimmt nicht gut, wenn sie wüssten, dass jemand sie dabei beo- bachtet. Ich muss einfach hier warten bis sie fertig sind. Blöderweise kommen sie näher, ihre Stimmen werden lauter.

„Fünfzig Euro, mein Großer.“
Eine weibliche Stimme. Ein Rascheln, Räuspern.
„Pass auf: Die Tabletten nicht schlucken. Du musst sie
mahlen und schniefen. Alles klar?“
„Klar, ich bin doch nicht blöd.“
Diese Stimme habe ich heute schon einmal gehört.
„Du gehst da lang, ich hier. Ich hoffe, wir sehen uns
wieder. Stets zu Diensten.“
Als er an meinem Grabstein vorbeigeht erkenne ich ihn.
Ja, das ist er. Es ist Ben.

Kapitel 6: Wenn Blicke töten könnten

Ben

Heute ist es soweit. Wir testen die gesamte Choreographie für den Videodreh einmal durch. Der Regisseur und die Kameramänner werden auch dabei sein. Meine Moves sind mehrere Tic-Tacs. Ich glaube ich habe sie schon hunderte, wenn nicht tausende Male ausgeführt. Das wird so was von genial aussehen im Video. Hoffentlich geht heute mal alles gut. Es muss alles gut gehen.

„Loosing is not an option", würde mein Vater jetzt sagen, wenn es um eine Mathearbeit ginge.

So eine Chance hat man nur einmal im Leben. Blöd, dass sie ausgerechnet jetzt kommt. Aber da muss ich durch. Ich habe ja auch Vorkehrungen getroffen. Mein Herz pumpt bereits schneller, ich fühle das Adrenalin in mir aufsteigen. Heute wird mich nichts und niemand stoppen können. Auch nicht Tayfun. Gut, die Aktion mit seiner Schwester war keine Glanzleistung. Aber hier zählt ja wohl der Sport. Außerdem können sie beim Dreh wohl kaum auf mich verzichten. Diese Tic-Tacs habe nur ich drauf.

Von weitem sehe ich Dom, er macht sich schon warm. Tayfun dehnt sich. Er redet mit jemandem. Verdammt, seine Schwester ist schon wieder dabei. Jetzt blicken beide in meine Richtung. Welchen Ausdruck haben sie auf dem Gesicht? Ich kann es nicht genau erkennen. Tayfun dreht sich wieder zu den anderen um und gibt Anweisungen. Aber seine Schwester fixiert mich. Gott, wenn Blicke töten könnten. Sie muss in meinem Alter sein, aber ich habe sie noch nie gesehen. Wahrscheinlich doch jünger. Soll ich sie grüßen? Ich entscheide mich, sie besser nicht weiter zu beachten. Ich stelle meine Tasche neben die Jungs hole mein Seil heraus und fange an zu springen. Es klappt ohne Probleme, ich bin sogar viel schneller als sonst. Geiles Zeug.

„Hey Alter, du bist heute ja extra fit, wie ich sehe", ruft Dom mir zu.

„Ich würde dir ja jetzt ein Daumen hoch geben, aber ich kann gerade nicht", grinst er, während er Klimmzüge an einer alten Bahnhofsuhr macht.

„Für mich wäre das kein Problem, ich kann das auch einarmig", prahlt Kiyun.

Dom glaubt ihm nicht.

„Komm, lass mich mal ran."

Kiyun will es wissen. Doch er wird von Tayfun unterbrochen: „Jungs, lasst die Spielereien. Wir haben heute noch was vor, das wisst ihr doch."

Er hat sein Handy am Ohr.

„Fangt schon mit den Dehnübungen an, ich rede mal eben mit dem Regisseur. Die stehen vor dem Bahnhof und finden uns nicht."

Jetzt spüre ich die Nervosität in mir aufkeimen. Dagegen helfen die Tabletten anscheinend nicht.

Ich hasse dieses Gefühl. Wer hat es bloß erfunden? Wenn es dir die Kehle zuschnürt. Du das Gefühl bekommst, nur noch mit großer Anstrengung atmen zu können. Meine Arme und Hände habe ich dann auch nicht mehr richtig unter Kontrolle. Mit dem Zeugs intus erst recht nicht. Und dann guckt dieses Mädchen auch noch so. Die wartet bestimmt nur auf einen Fehler von mir. Wie soll man unter solchen Umständen akkurate und konzentrierte sportliche Leistungen bringen? Das ist ein Ding der Unmöglichkeit. Aber mein Wille ist stärker als all das. Der Regisseur wird sehen, was in einem Fünfzehnjährigen stecken kann.

Da ist er auch schon. Ich habe mir so einen immer anders vorgestellt. Irgendwie älter, mindestens so alt wie Steven Spielberg. Der hier ist knapp älter als Tayfun. Vielleicht 26 oder 27.

„Hey, Jungs", er begrüßt jeden von uns mit einem Handschlag. „Ich freue mich, dass ihr dabei seid. Tayfun hat mir schon einiges von euch erzählt. Ich heiße Phil by the way. Tayfun und ich kennen uns noch aus der Schule. Ich weiß, dass ihr einiges drauf habt. Schließlich habt ihr einen guten Trainer, der nicht alle ins Team lässt. Ich möchte heute erstmal sehen, welche Kunststücke ihr so drauf habt."

„Moves", korrigiert ihn Tayfun.

„Sorry, Moves natürlich. Wir entscheiden dann, welche für das Video von Maddog am besten passen. Seid ihr ready oder müsst ihr euch noch aufwärmen oder so?"

„Wir können loslegen", gibt Tayfun den Startschuss.

„Dom, du fängst mit dem Return an."

Ein Return ist ein Move, mit dem man starken Eindruck schinden kann. Man dreht sich komplett einmal um die Achse, während man springt. Dadurch bekommt man eine krasse Geschwindigkeit drauf. Das sieht aus, als hätte jemand den Turbo bei dir gedrückt. Dom führt ihn aus und Phil ist völlig aus dem Häuschen. Er klatscht wild in die Hände und springt wie verrückt auf und ab. Wie ein Flummi. „Wow, Wow!", schreit er.

„Jetzt du, Tayfun", fordert Phil.

Verdammt. Wenn jetzt Tayfun dran kommt, habe ich zwei viel Stärkere vor mir. Der Regisseur wird von mir dann wohl kaum noch begeistert sein. Und Tayfun ist gut, nein, er ist brilliant. Er beginnt mit einem Sprung vom hohen Gleisdach und einer vollendeten Roulade. Durch sie wird die Fallenergie durch eine Rollbewegung abgemildert. So kann er gleich in einen raschen Spurt auf den stillgelegten Fahrstuhl weitermachen. Mit einem Saut de bras springt er den Fahrstuhl an und hängt sich an die Oberbeleuchtung. Neben mir japst Phil nach Luft. Und schon geht es weiter. Tayfun zieht sich auf das Dach des Fahrstuhls. Springt auf den harten Asphalt. Mit einer abschließenden perfekten Roulade. Phil hält sich die Hände vors Gesicht und bekommt vor Bewunderung kaum ein Wort heraus. Er fängt an, Fragen zu stellen:

„Du musst dich doch verletzt haben, als du unten aufgekommen bist. Blutest du?"

Tayfun kann über diese Frage nur lachen. Er haut seinem Freund auf die Schulter und grinst ihn an. Nach Tayfun zeigen Niels und Kiyun in einer synchronen Gegenbewegung ihre Überwindungen. Mit Passement Rapides und Saut de chats, den Katzensprüngen.

Ich werde immer aufgedrehter. Damit kann ich es schon fast mit Phil aufnehmen. Nervös bin ich nicht mehr, ich will endlich zeigen, was ich drauf habe. Wenn der Typ meine Tic-Tacs sieht, wird er in Ohnmacht fallen vor Begeisterung. Meine Beine, Arme, Muskeln, Lunge - sie alle warten auf ihren Einsatz. Sie sind angespannt, durchblutet und mit Adrenalin gefüllt. Bereit für den Einsatz ihres Lebens.

„Ben, jetzt du", höre ich Tayfun rufen.

Er sieht mich dabei kaum an, sein Gesicht ist zu Phil gedreht. Ich will gerade zum Spurt ansetzen, aber Phil unterbricht mich mit einem Schrei.

„Hey, da seid ihr ja!"

Ein Typ und eine Frau kommen die Gleise entlang. Die Frau trägt eine kleine Videokamera. Phil küsst sie.

„Das sind unsere Kameraleute, sie werden gleich schon mal das Licht testen."

„Also wer ist dran? Ben heißt du?"

Ich nicke.

„Alles ok mit dir? Deine Augen sind ganz rot."

„Ja, ja"

Wie nervig, ich will endlich loslegen.

„Sag mal, du siehst ziemlich jung aus, wie alt bist du?"

„Fünfzehn" schnaufe ich.

„Sind die anderen Jungs auch so jung?"

Der Unterton des Regisseurs klingt besorgt.

„Ben ist der Jüngste. Dom und Niels sind 17, Kiyun 18", erklärt Tayfun.

„Ah ok, kein Problem. Aber wir wollen keinen Ärger. Die unter 18jährigen bringen einfach einen Schriebs ihrer Eltern mit zum Dreh. Den Vordruck habe ich im Auto liegen."

Ich habe keine Ahnung, wie ich die Unterschrift von meinen Eltern bekommen soll. Egal, ich muss mir später was ausdenken und mich jetzt auf meine Moves konzentrieren.

„Na dann Ben, let´s go!", ruft Phil.

Ich werfe noch einen kurzen Blick zu dem Mädchen,
dann explodiere ich.

Bei Tic-Tacs überwindet man instabile und wackelige
Hindernisse. Das klappt nur, wenn man sich an einem
oder mehreren Hindernissen abstößt. Das ist so, als
wenn man beim Billard über Bande spielt. Geübt hatte
ich das ja schon an der Garage meiner Eltern. Aber dieses Mal werde ich nicht in einer Hecke landen.

Ich rase auf einen Stromkasten zu, stoße mich mit dem
Fuß ab und überfliege eine Doppelbank. Mir geht es
gut. So gut, wie lange nicht mehr. Ich renne weiter, in
meinem Kopf mein Song Run boy Run. Mit einer
Demi-tour, einer halben Drehung, überspringe ich eine
Absperrung. Schwindel. Ich komme trotzdem mit bei-
den Beinen auf. Jetzt der Drop über die Stufen hinunter.
Meine Lieblingsnummer. Ich bekomme eine Seitenlage
im Flug, kann den Sturz aber verhindern. Ich bin unten.
Von oben ruft Phil: „Top!“

Ich bin im Rausch. Mein Herz rast. Mir wird schlecht.
Ich kotze in einen Mülleimer.

„Was ist los?“, ruft Dom von oben.

„Nichts, ich suche was!“

Ich schleppe mich die Treppe wieder rauf. Das Mädchen steht da.

„Allesklar, ihr Jungs seid Top. Das Video wird der Ham-
mer. Wartet kurz, ich hole nur noch schnell die Formulare aus dem Auto. Seid ihr durch mit dem Licht?“, fragt
Phil seine Kameraleute.

Sie scheren aus und erkunden den Bahnhof. Das muss
ich mit den Jungs feiern. Ich klopfe allen auf die Schultern, springe sie an. So headbangmäßig wie in einem

Konzert. Ich muss lachen und kann einfach nicht damit aufhören.

„Hey, warum lacht ihr nicht? Ist doch saugeil, saugeil!“ Was gucken die alle so doof. Wissen die nicht, wie man feiert?

„Ben, komm mal wieder runter. Das ist ja nicht zum Aushalten!“, rüffelt mich Tayfun.

„Ben, du hast da was am Kinn. Ist das Kotze? Irgendwas stimmt auch mit Deinen Augen nicht.“

Keine Ahnung, was die wollen. Ich habe Bock auf weitere Moves. Ich könnte ja mal über das Gleis auf den anderen Bahnsteig springen. Gute Idee. Das hat hier noch keiner gemacht.

Ich laufe an, fliege und fliege und fliege. Dann spüre ich einen dumpfen Schmerz. Bin wohl nicht auf der anderen Seite angekommen. Das Blut in meinem Mund schmeckt wie Eisen. Widerlich. Höre ich da einen Zug? Das müssen Halluzinationen sein. Wann fahren hier bitte noch Züge? Seit die S-Bahn gebaut wurde, braucht den Bahnhof doch niemand mehr. Zwei Arme packen mich grob, ziehen mich aus dem Bahngleis. Ein Güterzug rauscht vorbei. Gibt's nicht.

„Was ist passiert?“, kreischt Phil von hinten.

Er wedelt mit den Formularen.

„Ähm… nichts, Ben hat versucht eine Katze von den Schienen zu retten. Danke für die Formulare“.

„So jung und schon ein Held. Also Jungs, bis bald.“

Weg ist er wieder. Tayfun zerrt mich an sich, mein Gesicht ist jetzt nur Millimeter von seinem entfernt. Er zischt mich an:

„Was zum Teufel ist los mit dir?“

„Nichts!", beteuere ich und kichere weiter.
Jetzt sehe ich das Mädchen an uns heranschleichen. Sie starrt meine Sporttasche an, bleibt davor stehen. Dann bückt sie sich über sie und zieht sie blitzschnell auf.
„Ey, Mann!", rufe ich und will mich befreien.
Sie hat die Tüte gefunden. Sie hält sie triumphierend hoch: „Er   hat   Drogen   genommen!"

Bahar

„Das ist jetzt nicht dein Ernst", mein Bruder ist entsetzt. Er ist kreidebleich während er Ben fassungslos anstarrt. Er schüttelt immer wieder den Kopf, läuft auf und ab.
„Was ist das?", will Niels wissen.
Ben lacht immer noch behämmert vor sich hin.
Ich werde niemals Drogen nehmen, dieser Typ hier ist die beste Abschreckung. Da sitzt er. Lallt vor sich hin. Hat Kotze und Blut am Kinn und kichert wie ein Waschweib. Echt nicht sexy.
„Was machen wir jetzt mit ihm?", fragt Kiyun.
„Sollten wir ihn ins Krankenhaus bringen oder zu seinen Eltern?"
Tayfun ist aus seiner Starre erwacht. Er schüttelt Ben und will wissen, wie viel er von den Tabletten genommen hat.
„Nur ein ganz büsscheeeen", quiekt der zurück.
Tayfun beschließt, ihn zu uns nach Hause zu bringen. Meine Eltern sind bei der Arbeit.
Sie wollen Ben beobachten. Falls sich sein Zustand

nicht bessert, ihn zum Krankenhaus fahren.

„In unsere Wohnung? Den da?“

Jetzt bin ich entsetzt. Aber mein Bruder befiehlt mir, meinen Mund zu halten. Er und Kiyun nehmen Ben in die Mitte. Sie verlassen den Bahnhof Richtung Bushaltestelle.

Das ist einfacher gesagt als getan. Ben entwischt den beiden immer wieder. Wir müssen ihn permanent einfangen und ihn von Dummheiten abhalten. Dauernd quatscht er Passanten an.

„Hey, was geeeeht?“, fragt er gefühlte fünfzig Menschen. Besonders den älteren unter ihnen geht’s anscheinend nicht gut. Sie murmeln Sachen wie „Die Jugend von heute“ oder „Hat wohl keine Bildung genossen“, vor sich hin.

Ich würde am liebsten rufen „Ich gehöre nicht zu ihm“. Ich laufe bewusst einige Meter hinter der Truppe. Irgendwann greift sich Tayfun einen von Bens Armen, zieht ihn eng an sich heran und lässt ihn nicht mehr entkommen. Er beginnt auf ihn einzureden.

„Was hast Du dir bloß dabei gedacht? Du hast anscheinend den Sinn von Parkour absolut nicht verstanden. Es geht darum, Kontrolle über seinen Körper zu haben und Rücksicht auf seine Umwelt zu nehmen. Mit den Tabletten hast Du diese Kontrolle abgegeben. Reiß dich jetzt endlich zusammen.“

„Aber ihr seid doch mein Team und müsst mich unterstützen“, klagt Ben.

Er lallt jetzt nicht mehr, sondern hört sich ernsthaft besorgt an.

„Ich bin mir nicht sicher, ob Du noch im Team bist“,

antwortet Tayfun.

Das hat gesessen. Ben bricht zusammen. Sackt einfach wie ein nasser Waschlappen unter Tayfuns Arm hindurch.

„Hey", ruft Tayfun.

Er legt Ben auf den Boden und klatscht ihm links und rechts auf die Wangen.

„Hey, rede mit mir!"

Aber Ben reagiert nicht, er ist komplett weg.

„Das ist schon mal passiert, am Fluss", berichte ich meinem Bruder.

„Was?"

Er sieht mit irritiert an. Geht aber nicht weiter darauf ein. Stattdessen befiehlt er Niels, einen Krankenwagen zu rufen. Der verwählt sich nicht. Er schildert der Notrufzentrale professionell und in kurzen Worten, was geschehen ist. Dass Ben ohnmächtig ist, wahrscheinlich Drogen genommen hat und wo wir sind. Trotzdem dauert es sehr lange, bis ein Krankenwagen kommt. Tayfun vergewissert sich, ob Ben noch atmet. Kiyun fühlt ihm den Puls. Er braucht drei Anläufe, weil er sich ständig verzählt. Vielleicht sollte ihm jemand mal von seinem Blut und der Kotze befreien. Ich laufe zu einer Bäckerei und hole eine Flasche Wasser. Als ich meine Tempos aus der Jacke nehmen will, um sie mit Wasser zu benetzen, fühle ich die Tüte. Die Tüte mit den gemahlenen Tabletten, die jetzt aussehen wie Koks. Ich muss sie mir gedankenlos in die Jacke gesteckt haben.

Ich säubere Bens Gesicht. So ohnmächtig hat er mir schon immer besser gefallen. Er sieht müde aber friedlich aus, macht keine Sprüche oder hopst herum. Rein zufällig berühren meine Hände wieder seine Haare. Sie sind immer noch sehr weich. Ich werde zur Seite geschoben. Der Krankenwagen ist eingetroffen. Wieder geht alles ganz schnell. Die Notfallassistenten beugen sich über ihn. Sprechen ihn an, bekommen keine Antwort. Verfrachten ihn in den Krankenwagen. Dann wollen sie eine Nummer von Bens Familie, um sie anrufen zu können. Die hat aber niemand.

Über Familie haben die Jungs nie gesprochen. Keiner weiß etwas von Ben, außer dass er normalerweise gut in Parkour ist. Die Jungs sehen sich betroffen an.

„Vielleicht finden wir etwas in seiner Jackentasche“, vertröstet uns einer der Pfleger. Er steigt zu Ben in den Krankenwagen und will losfahren.

Tayfun kann gerade noch hinterherrufen und fragen, in welches Krankenhaus sie ihn bringen.

Die Jungs sehen erschöpft aus.

„Sollen wir zum Krankenhaus?“, fragt Niels. „Eigentlich müsste ich längst Zuhause sein“, gesteht Dom. Aber er, wie wir alle, möchte wissen, ob Ben das ganze überleben wird. Hat er eine Überdosis? Außerdem wissen wir nicht, ob Bens Eltern ermittelt werden können und irgendjemand muss doch bei ihm sein wenn er aufwacht. Also machen wir uns auf den Weg ins Klinikum. Je näher wir der dunkelroten Fassade kommen, die man schon von weitem sieht, desto mulmiger wird mir. Ob er noch lebt? Und wenn ja, er muss total sauer auf mich sein.

Im Klinikum angekommen wissen wir erstmal nicht, wo wir hin sollen. Das Gebäude ist riesig, es gibt viele unterschiedliche Eingänge, Schilder mit Hinweisen zu den vielen Abteilungen. Wir sehen uns ratlos an. In welche haben sie Ben gebracht? Ich entdecke schließlich das kleine „i“ der Infostelle und erkundige mich nach den Notfalleinlieferungen und einem Ben.

„Nachname?“, fragt sie mich knapp.

Den weiß ich natürlich nicht.

„In welchem Verhältnis stehen sie zu dem Patienten?“

„Wir sind Freunde“, stammele ich.

Auch wenn das in meinem Fall nicht zutrifft.

„Ich fürchte, da kann ich ihnen nicht weiterhelfen.“

Es ist ja nett, dass diese Frau mich siezt, aber jetzt werde ich wütend.

„Sie haben wohl keine Freunde, die sie suchen würden, was? Meine Anne ist übrigens Ärztin, ich werde mich bei ihr über sie beschweren.“

Sie muss ja nicht wissen, dass meine Anne in einer Praxis und nicht hier arbeitet. Natürlich bringt die Drohung gar nichts. Stattdessen wird die Frau jetzt wirklich sauer. Tayfun zieht mich von ihr weg.

„Wir versuchen es mal in der Notaufnahme“, schlägt er vor.

Wir folgen den blauen Pfeilen auf dem Boden. Tayfun geht vor, wir folgen ihm wie Entenbabys. Irgendwann endet die blaue Linie. Wir sehen gleichzeitig auf und stehen vor einer schweren Tür. Davor hängen Desinfektionssprühgeräte. Kiyun drückt sich etwas davon auf die Hände und verreibt sie als würde er das jeden Tag machen und sei *Doktor House*. Fehlt nur noch, dass er sich jetzt die Operationshandschuhe anzieht. Wir machen es ihm einer nach dem anderen nach. Gehen durch die Tür, laufen durch den Gang und blicken in jedes

Zimmer. Einige stehen offen, da ist es leicht. Bei anderen müssen wir die Tür öffnen und in überraschte Patientengesichter sehen. Ben ist noch nicht dabei gewesen. Schließlich spricht uns eine Schwester an. „Wen sucht ihr denn?"

Sie scheint freundlicher zu sein als die Frau an der Information.

„Ben Schewaschi", ich murmele den Nachnamen in mich hinein. Die Schwester beugt ihren Kopf in meine Richtung.

„Ich hab sie nicht richtig,... Ben Jacobi?"

„Ja genau", ich nicke mit dem Kopf.

„Der ist jetzt in der Internen, Zimmer 28. Rechts um die Ecke den Gang hinunter. Zweite Tür links", erklärt sie uns den Weg.

Wir folgen ihrer Beschreibung. Die Polizisten sehen wir schon von weitem. Sie kommen aus Bens Zimmer.

Ich habe meine Hände in der Jackentasche und umfasse die Drogentüte. Ich sollte sie ihnen geben. Damit sie wissen, was er genommen hat. Aber etwas hält mich davon ab. Sie werden denken, dass diese Ausländerin sie ihm gegeben hat. Jugendrichter. Sozialstunden. Sichtungstraining? Aus die Maus.

Meine Hände fangen an zu schwitzen. Ich möchte gerne abhauen, sehe mich auch schon den Flur zurückrennen. Die Polizisten werden mich schnell eingeholt haben. Ich muss ruhig bleiben. Also gehe ich, möglichst unschuldig aussehend, mit den anderen Richtung Zimmer 28. Die Polizisten wollen schon an uns vorbei gehen. Als sie aber merken wohin wir wollen, stellen sie sich uns in den Weg. Sie sind höflich:

„Entschuldigt, seid ihr Freunde von Ben?“

Tayfun bejaht, wir nicken.

„Wisst ihr, dass er Drogen genommen hat?“

Die anderen sehen sich an. Ich weiß, was sie denken. Sie wollen Ben nichts anlasten.

„Nö“, flüstert Niels.

„Aber die Rettungssanitäter sagten, es wären ein paar Jungs und ein Mädchen bei ihm gewesen. Das wart ja wohl ihr, oder nicht?“

„Ja schon“, stammelt Kiyun.

„Ich muss mal aufs Klo“, stelle ich laut fest, laufe den Gang wieder zurück.

„Kannst Du kurz hierbleiben?“, bittet mich einer der Polizisten.

Jetzt muss mir schnell etwas Grandioses einfallen.

„Ich glaube, ich habe gerade meine Periode bekommen“, schreie ich den Flur hinunter.

Die Jungs gucken peinlich berührt zu Boden. Mein Bruder zieht skeptisch eine Augenbraue hoch. Das war eindeutig eine wahrhaft grandiose Ausrede von mir. Ich laufe weiter den Gang hinunter. Blicke hektisch auf verschiedene Türschilder, bis ich endlich das Frauenklo gefunden habe. Ich will reingehen, drücke aber erfolglos gegen die Tür anstatt sie aufzuziehen. Wie soll man gelassen wirken, wenn man so völlig verblödet ist?

Aber jetzt bin ich drin und schließe mich in eine Kabine ein. Ich ziehe die Tablettentüte aus der Hose, öffne sie, lasse das Pulver ins Klo fallen und spüle dreimal kräftig. Mit der immer noch verdächtig weißen Tüte ist es nicht so einfach. Sie kommt immer wieder hoch, wenn ich versuche, sie runter zu spülen. Bravo. Ich muss sie wieder raus holen. Ist das ekelig. Was jetzt? In den Mülleimer werfen? Dort wird man sie sofort finden.

Ich schließe meine Tür auf, blicke vorsichtig hinaus. Die Papiertücher, das wird gehen. Ich stelle mich vor den Spiegel und reiße so schnell wie möglich die noch verbliebenen Papiertücher aus dem Halter. Ich stülpe die Tüte hinein und fange an, die Papiertücher kompliziert wieder zurück in den Halter zu bugsieren. Es klopft an der Tür, mir fallen fast alle restlichen Tücher aus der Hand. Ich hebe sie auf. Stopfe sie ungelenk in den Behälter zurück, habe aber immer noch bestimmt zwanzig in der Hand. Die Tür wird geöffnet. Es ist einer der Polizisten.

„Voigt, von der Polizei Offenbach. Entschuldige, ich muss dich auch durchsuchen. Nur zur Sicherheit."
Er starrt auf die Papiertücher in meiner Hand.
„Sag mal, wie viel Papiertücher brauchst Du? Eines muss ja wohl reichen!"
Ich gebe vor, mir mit zwanzig Tüchern die nassen Hände abzutrocknen. Die sind ja auch tatsächlich nass. Dann schmeiße ich sie in den Papierkorb.
„Bitte stülpe jetzt mal alle Hosen- und Jackentaschen nach außen und lass mich in deine Tasche sehen."
Ich mache, wie mir befohlen. Meine Hände zittern, der Polizist scheint das nicht zu bemerken. Nachdem ich die Taschen gelehrt und ein paar gebrauchte Taschentücher, zwei Kaugummis, mein Handy und die Hausschlüssel zum Vorschein gekommen sind, ist meine Sportbag dran.
„Ach, Du spielst Fußball? Das finde ich super."

Er hat meine Fußballschuhe entdeckt und jetzt Grasflecken auf seiner Hand.

„Na, jetzt muss ich meine Hände auch waschen", grinst der Typ.

Er wird ein Papiertuch brauchen. Bei meinem Glück wird ihm alles entgegen kommen und als letztes die Drogentüte direkt vor die Füße fliegen.

Aber er ist ein typischer Deutscher. Zupft filigran nur ein einzelnes Tuch heraus und zeigt mir, wie man sich ordentlich die Hände trocknet.

Als er fertig ist, bittet er mich, meine Arme zur Seite auszustrecken. Er tastet mich flüchtig ab. Mehr geht wohl nicht als Mann. Im Fußballstadion ist es auch immer so. Nur weibliche Ordner dürfen Frauen richtig abtasten.

„Gut, wir sind fertig hier. du kannst jetzt zu Deinen Freunden gehen."

Ben, wie wird es ihm gehen? Lebt er überhaupt noch? Das ist wahrscheinlich. Sonst hätte die Krankenschwester wohl seinen Namen nicht genannt. Vielleicht ist es auch nicht so schlimm. Er liegt ja nicht auf der Intensivstation. Die Jungs sind schon rein gegangen, auf dem Flur stehen sie jedenfalls nicht mehr. Vorsichtig öffne ich die Tür zu Zimmer 28 und blinzle hinein. Tayfun und sein Team stehen an die Wand gelehnt und sehen bedrückt in Richtung Bett. In dem liegt Ben. Er ist kreidebleich und immer noch bewusstlos. An ihm hängt ein Tropf und so ein Blutdruckding.

„Komm her Schwester, alles ok?", Tayfun sieht mich besorgt an.

„Haben sie dich auch durchsucht?"

Ich nicke.

„Sie sagen, er müsse hier seinen Rausch ausschlafen und sie beobachten ihn dabei. Dann werden sie ihn zur Untersuchung auf eine andere Station bringen."

„Aber warum wacht er nicht auf?"

„Du, ich glaub der ist fix und fertig, sieht jedenfalls so aus."

Die Tür wird aufgestoßen, eine Frau stürzt herein. Die Tür fällt hinter ihr zu, dem Geräusch nach zu urteilen gegen eine weitere Person. Die Frau stürzt an Bens Bett. Anscheinend ist sie seine Mutter. Ich kenne ihr Gesicht. Ihr Mann kommt, sich die Nase haltend, hinter ihr her. Besorgt beugen sie sich über ihren Sohn, sie bricht in Tränen aus. Der Mann streicht unbeholfen über Bens Gesicht, auch seine Augen glänzen verdächtig. Wir stehen unentschlossen in der Gegend herum. Ich möchte jetzt gerne gehen, aber die Jungs machen keine Anstalten.

Irgendwann hebt die Frau das Gesicht vom Arm ihres Sohnes und schaut zu uns herüber. Ihre Wimperntusche läuft ihr die Wangen hinunter. Sie starrt mich an, wischt sich mit der Hand über die Augen. Dann faucht sie mich an:

„Du! Was machst ausgerechnet du hier?"

Ich weiß, woher ich sie kenne. Sie ist eine der neuen „Freundinnen" meiner Anne. Die Blonde, die weiß, was Halal bedeutet.

„Hast Du oder Dein Bruder ihm die Drogen gegeben?" fragt sie mich.

Es verschlägt mir die Sprache.

„Hey, hey", versucht Tayfun zu retten.

„Wir sind Bens Freunde und wollen nur helfen."
„Helfen, helfen", heult Bens Mutter auf.
„Wie kann man einem krebskranken Jungen Drogen ge-
ben? Das nennt ihr Freundschaft? Und jetzt raus hier!"

Kapitel 7: Mathelehrer

Ben

„Ben, Du musst nicht wie die anderen stehen. Nimm
Dir ruhig einen Stuhl."
Seit heute bin ich wieder in der Schule. Und ich liebe es.
So gar nicht.
Die Tabletten sind raus aus meinem Blut. Nach drei Tagen haben sie mich wieder nach Hause geschickt. Die
nächste Chemo wurde ein paar Tage nach hinten ver-
schoben. Man dachte über einen Psychologen nach.
Schließlich ist es nicht normal, wenn sich ein Fünfzehn-
jähriger Drogen besorgt. Schon gar nicht, wenn er
Krebs hat. Aber ich habe auf weitere Termine, die mich
vom Parkour abhalten, absolut keine Lust. Also strengte
ich mich an und versuchte, ihnen zu erklären, was Parkour für mich bedeutet. Ich habe die ganze Geschichte
ausgepackt. Mein Doc erklärte meinen Eltern, dass ein
wenig Sport gar nicht so schlecht sei und sogar den Hei-
lungsprozess fördern könne. Ich hätte ihn knutschen
können. Doch gleich fing meine Mutter wieder mit ihren Bedenken an.
„Mit dem Extremsport musst du schon eine Weile warten", war auch der Doc ihrer Meinung.
Das können sie vergessen, nichts hält mich von meinem
Team fern, nichts. Allerdings habe ich keine Ahnung, ob
die Jungs mich wieder aufnehmen werden. Wie soll ich
Tayfun beweisen, dass ich den Parkour-Spirit doch verstanden habe? Können sie mit einem Krebskranken

überhaupt etwas anfangen? Meine Moves für den Videodreh haben sie mit Sicherheit schon untereinander aufgeteilt. Es ist komisch, ich habe mehr Angst davor, nicht mehr Teil des Teams zu sein, als an Krebs zu sterben. Vielleicht bin ich doch reif für die Klapsmühle, aber so ist es eben.

Wenn ich draußen bin aus dem Team, ist daran nur dieses Mädchen schuld. Was für eine Petze. Hätte die mich nicht verraten, hätte ich ihnen selbst irgendwann von meiner Krankheit erzählen können. Warum hasst die mich so? Nur wegen dem Anbaggerspruch neulich? Da bin ich ja wohl nicht der erste, so wie die aussieht. Soll sie sich mal nicht so haben.

„Ben, setz dich."

Batusiak stellt mir den Stuhl vor die Nase. Klaas und Timo starren mich an. Andere bewundern den Fußboden, einigen Mädchen steht das pure Mitleid ins Gesicht geschrieben.

„Nein". Ich schiebe den Stuhl von mir weg und stelle mich in eine Ecke.

Es ist das Lieblingsspiel meines Klassenlehrers. An mehreren Stellen im Raum platziert er jeweils einen Schüler und stellt uns Aufgaben in Kopfrechnen. Wer die Lösung als erstes ruft, darf in die nächste Ecke gehen. Man schlägt den Kandidaten, der bisher dort stand. Das Spiel kennen wir aus der Grundschule. Niemand von uns weiß, was es jetzt noch bringen soll. Schließlich benutzen wir heutzutage Taschenrechner oder den PC. Aber Batusiak besteht drauf. Alte Schule halt. Mit Ende dreißig. Muss keiner verstehen.

„Ich bestehe darauf, dass du einen Stuhl nimmst."

Der gibt keine Ruhe.

„Das ist wirklich nicht nötig.“

„Ich habe deinen Eltern versprochen, auf dich zu achten und das mache ich jetzt auch.“

Er nimmt den Stuhl, drückt mich drauf. Darf ein Lehrer einen anfassen?

„Es ist besser so Ben, du bist schon ganz blass.“

Das war Clara. Ich bin schon lange in sie verknallt. Aber ich will nicht, dass sie so mit mir redet.

Ich bin gut in Mathe, schon viele Male habe ich das Spiel gewonnen.

„Dreiundzwanzig mal Vierundvierzig minus zwei.“

Batusiak stellt die erste Aufgabe.

Zwanzig Mal Vierundvierzig sind Achthundertachtzig, drei Mal Vierundvierzig, Hundertzweiunddreißig, das macht zusammen Tausendundzwölf, minus zwei, Tausendzehn. Eine einfache Aufgabe. Die anderen grübeln noch. Ich sage nichts. Batusiak sieht mich erwartungsvoll an. Ich setze mich breitbeinig hin, rutschte im Stuhl nach unten und kreuze meine Arme vor der Brust. Nach ewigen zwei Minuten schreit Evren: „Tausendeins, nein Tausendelf, ich meine Tausendzehn!“ Batusiak nickt, Evren reißt ihre Arme in die Höhe. Sie tanzt in die nächste Ecke und komplementiert Nam zurück auf seinen Platz.

Die nächste Aufgabe.

„Die Wurzel aus Neun, mal Sechs plus Zweiundfünfzig.“

Siebzig schießt es mir in den Kopf. Aber ich schaue lieber aus dem Fenster. Schöne Kastanien da draußen. Batusiaks Blick bohrt mir ein Loch in die Stirn. Luc kommt als erstes drauf. Batusiak lobt ihn, Laura setzt sich zurück auf ihren Platz. Anstatt die nächste Aufgabe zu verlesen, wendet sich Batusiak wieder mir zu.

„Ben, rechnest Du eigentlich mit? Normalerweise ist das doch ein Homerun für Dich."

Das u in Homerun spricht er mit einem britischen Akzent, wie ein deutsches u aus. Das macht es noch schlimmer.

„Das sind die physiologische Auswirkungen", höre ich Katja sagen.

„Du meinst sicherlich psychologisch, nicht physiologisch", berichtigt Batusiak sie.

„Also ich meine, wenn er sich nicht konzentrieren kann, wegen seinem Krebs", erklärt Katja.

„Stimmt doch Ben, oder?"

Auf so etwas antworte ich nicht.

Ich wünschte, das Fenster würde nicht im Erdgeschoss liegen. Dann würde es sich mehr lohnen, da gleich raus zu springen. Ich schaue auf die Uhr. Noch achtzehn Minuten bis zum Schulschluss. Wie soll ich die überleben?

Ich starre einfach weiter aus dem Fenster und beachte weder Batusiak noch meine Mitschüler. Das betretene Schweigen in der Klasse findet kein Ende. Jedenfalls kommt es mir so vor.

Timo rettet mich.

„Vielleicht können die Hobbypysiologinnen unter uns jetzt mal den Mund halten und die nächste Aufgabe gestellt werden? Ich will hier gewinnen."

Hat er sich doch noch dran erinnert, dass wir mal beste Freunde waren. Ich nicke ihm kurz zu und blicke dann weiter aus dem Fenster.

Die Klasse bricht in Gelächter aus. Es ist unwahrscheinlich, dass Timo gewinnt. Die nächste Aufgabe:
„Vierzig durch Acht mal Zwanzig durch Zwei.“
Nach nur zwei Sekunden schreit Timo: „Hundertneunzig“
„Nein“
„Siebenunddreißig“
„Nein“
„Vierundsiebzig“
„Jetzt mach Dich nicht lächerlich. Rechnen, nicht Raten“
„Fünfzig!“
Richtig. Es ist aber nicht Timo, sondern Evren, die drauf kommt. Wieder setzt sie zum Siegesgejaule an, um dann zu verstummen.
„Sorry, Ben.“
Endlich kann ich meinen Stuhl nehmen und mich an meinen Platz zurücksetzen. Nur noch zehn Minuten bis Schulschluss. Die fühlen sich wie hart gewordenes und geschmackloses Kaugummi an.
Fünf Minuten vor Ende beginne ich einzupacken. Batusiak versucht noch, mich aufzuhalten. Ich gehe einfach an ihm vorbei. Wahrscheinlich wollte er mir noch mal vorschlagen, meine „Gefühle“ in einem Tagebuch festzuhalten. Wie peinlich kann es eigentlich noch werden? Ich marschiere aus dem Klassenraum, über den langen Flur, aus dem Gebäude, schnurstracks die Straße herunter.
„Ben, Ben! Warte, ich bin hier.“
Meine Mutter. Die habe ich total vergessen. Ich stapfe widerwillig zurück. Sie drückt mir einen Kuss auf die

Wange.

„Na, wie geht es meinem Jungen?"

Sie fühlt mir die Stirn. Natürlich sehen das die anderen, die inzwischen auch raus gekommen sind. Eigentlich würden sie sich über sowas sofort lustig machen, aber jetzt schauen sie lieber angestrengt in eine andere Richtung. Clara dagegen sieht mich offen an und winkt uns zu.

Ich drücke Mama von mir, setzte mich auf den Beifahrersitz und rutsche soweit es geht auf dem Sitz nach unten.

Bahar

Nach dem Desaster im Krankenhaus gehe ich zu meinen Baba in den Salon. Das hilft. Ich sitze einfach nur da, sehe ihm bei der Arbeit zu und belausche die Männer bei ihren Diskussionen. Und trinke Tee, Schwarzen und Minze.

Mit Ausnahme von mir betreten meist nur türkische Männer den Salon. In letzter Zeit kommen auch immer mehr deutsche Studenten der Kunsthochschule in den Laden. Bärte scheinen dort gerade angesagt zu sein. Manchmal kommt es auch vor, dass eine Gruppe grölender Männer im Laden ihren Junggesellenabschied beginnt. Mein Baba verdreht dann heimlich die Augen. Aber er bedient sie freundlich und kompetent. Auch einige bekannte Rapper der Stadt kommen regelmäßig her.

„Hier können Männer noch Männer sein", sagt mein

Baba. Manchmal nennt er seinen Laden deshalb den Saloon, statt Salon.

Baba schneidet seinen Kunden nicht nur die Haare. Er stutzt oder rasiert ihnen auch ihre Bärte nach altem türkischem Brauch. Bei dem Ritual nimmt er sich Zeit. Zuerst seift er den Bart mit einer dicken Schicht Rasierschaum ein. Dazu nimmt er eine Quaste. Dann rasiert er mit einem aufgeklappten sehr scharfen Rasiermesser die Bartstoppeln ab. Als Kind habe ich mich mal an dem Messer geschnitten, als mein Baba mich eine Minute aus den Augen ließ. Ich habe es danach nie wieder angefasst. Beim Rasieren zieht mein Baba die Haut des Kunden glatt. Zwischendurch streift er das Messer an seinem Handgelenk ab. Er achtet darauf, dass immer genug Rasierschaum auf der Haut ist. Danach beseitigt er Ohrenhaare mit einer Flamme. Federnd führt er den brennenden Stab zum Ohr und wieder zurück. Den Abschluss macht ein Aftershave, dass mein Baba auf die Kinnpartie und den Rest auf die Haare des Kunden streicht. Es folgt eine Lotion, die er einmassiert. Ein weißes Puder folgt. Weitere Gesichtsbehaarung wird mit einem Faden beseitigt. Das scheint ein wenig schmerzhaft zu sein. Einige Männer verziehen etwas das Gesicht dabei.

Sie reden meist türkisch. Ich verstehe jedes Wort, das sie sagen. Aber immer wenn ich etwas auf Türkisch erwidere, müssen die Männer lachen.

„Du hörst dich an, wie ein Kindergartenkind, wenn du türkisch sprichst", sagen sie dann.

Oder: „Ein hessischer Dialekt auf Türkisch, wie süß".

Mich ärgert das maßlos. Ich bin doch wohl auch Türkin.

Pass hin oder her. Die Leute in der Stadt sehen das auch
so.

„Die Türkin da trägt aber ziemlich moderne Kleidung".
„Ich sehe nur noch Türken in der Innenstadt. Gottsei-
dank trägt die da kein Kopftuch."

„Meine Tochter ist eine Top-Fußballerin", erzählt Baba
gerade in wahrscheinlich perfektem Türkisch einem seiner Kunden.

„Ah ja? Nicht schlecht", antwortet der und zwinkert mir
zu. Baba gibt gerne mit mir an.

„Fünfzehn ist sie jetzt und geht aufs Gymnasium."

„Nicht schlecht. Und, wirst du dann Ärztin oder Friseu-
rin?"

Die Frage nach meinem Berufswunsch kommt in letzter
Zeit häufiger. Anders als früher kann ich jetzt aber nicht
mehr mit „Feuerwehrfrau" oder „Sängerin" antworten.
Stimmt ja auch nicht mehr.

„Ich werde wohl studieren."

„Also keine Ausbildung?"

„Ich hab gehört, es ist schwer etwas zu finden. Studieren ist einfacher. Da zählt nur der Notendurchschnitt."
Dass ich derzeit davon ausgehe, Profifußballerin zu
werden und als Spielerin um die ganze Welt zu reisen,
verschweige ich. Bin ja eigentlich zu alt für so einen
Traum. Aber ich habe da so ein Bauchgefühl. Ich weiß
irgendwie, dass es klappen wird. Der Ball ist für mich
schon ein Teil meines Körpers geworden. Vielleicht weil
ich schon als ganz kleines Mädchen Kunststücke einge-
übt habe. Die ersten hat mir mein Onkel gezeigt. Der
ist ganz großer Galatasaray-Fan. Inzwischen bin ich so

gut, dass ich den Ball mindestens zwanzig Minuten an meinem Körper in Bewegung halten kann, ohne dass er den Boden berührt.

„Wer ist denn dein Lieblingsfußballer?", fragt mich ein noch wartender Kunde.

„Dzsenifer Marozsán"

Tayfun kommt in den Saloon und setzt sich neben mich.

„Auch irgendwelche männlichen Spieler?"

„Gündogan und Hummels"

Mehrere Männer lachen.

„Ja, den Hummels finden viele Mädchen toll. Gut aussehender Kerl."

Jetzt werde ich auch noch rot.

„Bahar ist noch viel zu jung für sowas."

Typisch Baba, will mich für sich behalten.

Gut, dass Tayfun da ist. Ich frage ihn nach Ben.

„Hast du noch mit seiner Mutter geredet?"

„Ja, aber ich konnte nicht viel erfahren. Sie hat die ganze Zeit geheult. Er soll wohl schnell wieder raus kommen und hat dann eine Chemo am Wochenende."

Ich muss schlucken. Wenn ich das gewusst hätte. Ich hätte ihn nicht verraten. Warum habe ich das überhaupt gemacht?

„Hast du seiner Mutter gesagt, dass wir das nicht waren mit den Drogen?"

„Ist irgendwie nicht dazu gekommen."

„Wovon redet ihr? Was für Drogen? Was habt ihr gemacht?"

Anne. Ich habe sie nicht bemerkt. Sie muss schon im Saloon gewesen sein. Hinten. In der Küche.

Ben

Mein Giftcocktail tropft auf mich herab. Troo-opf, troo-opf. Pause. Troo-opf, trooo-opf. Pause. Durch den Schlauch, in meine Vene, direkt ins Blut. Meine dritte Infusion. Fünf mehr davon muss ich noch über mich ergehen lassen. Dann vielleicht zusätzlich Strahlentherapie. Das steht noch nicht fest, kommt auf die Werte an.
Der Ablauf hier ist immer der Gleiche. Ich komme in die Onko, kurzes Gespräch mit dem Doc. Blutabnahme durch einen Krankenpfleger, manchmal eine Schwester. Einige hübsch, andere nicht. Warten und versuchen, dabei zu lesen. Wenn das Ergebnis da ist, wird die Infusionsnadel angelegt. Durch die gibt es erst mal Medikamente. Gegen Übelkeit und für die Nieren sagt der Pfleger. Heute macht es der Doc selbst. Er lässt die kalte Flüssigkeit langsam durchlaufen. Wir sitzen uns dicht gegenüber und er schiebt sie in einer fünf-Minuten-Ewigkeit durch die Kanüle.
„Nicht immer einfach, jung zu sein, oder?", fragt er mich. „Geht", versuche ich trocken zu antworten.
Heute kommen die Tränen. Vielleicht ist es die brennende Spritze oder das Ergebnis meiner nächtelangen Grübelei, nicht mehr im Team zu sein. Wegen dem Krebs. Wegen Tayfuns Schwester. Ich senke meinen Kopf, der Doc soll das nicht sehen. Aber er sitzt mir einfach zu nah gegenüber. Er legt eine Hand auf meine Schulter und klopft kurz drauf. Dann zieht er die Spritze aus meiner Haut und ich meinen Rotz hoch. Atme tief durch.

„Hattest Du außer den Schwächeattacken und der Appetitlosigkeit noch andere Nebenwirkungen, Ben?"
„Also für mich reichen die."
Er lächelt.
„Wie ist es mit Übelkeit, Haarausfall, Entzündung im Mund, Geruchsempfindlichkeit?"
Der Typ macht mir Angst.
„Etwas übel ist mir manchmal."
„Versuche in den nächsten Tagen und Wochen viel zu trinken. Das muss nicht immer nur Wasser sein. Eine kalte Cola ab und an ist schon ok. Auch wenn du keinen Hunger hast, nimm regelmäßig leichte Nahrung zu dir. Manchmal kommt der Hunger erst während des Essens. Damit Du keine Entzündung im Mund bekommst, solltest Du häufiger die Zähne putzen als sonst. Benutze eine milde Zahnpasta. Und noch mal zu den Haaren: Sie müssen dir nicht ausfallen. Du bekommst eine relativ leichte Chemo. Bei einigen passiert es, bei anderen nicht. Manchmal fallen sie auch nicht komplett aus. Tauscht du dich mit anderen Krebskranken aus?"
„Nein", antworte ich knapp.
„Denk mal darüber nach. Wir haben in der Psychiatrischen eine Selbsthilfegruppe eingerichtet. Wir sehen uns in vierzehn Tagen."
Der Pfleger bringt mich in den Chemoraum zu den anderen Krebskranken. Kinder, Alte, Jugendliche. Alles dabei. Jetzt kommt die eigentliche Prozedur. Das Zeug braucht ewig, bis es durch ist. Es tropft extrem langsam. Ich versuche statt auf Glatzen und augenbrauenlose Gesichter in mein mitgebrachtes Buch zu sehen. Sophie hat mir eins gekauft. „Leben ohne Ende" heißt es. Hat

einer geschrieben, der auch in meinem Alter Lymphdrüsenkrebs hatte. Vielleicht lese ich es später mal. Im Moment ist mir ein Psychothriller lieber. Aber viel gelesen bekomme ich hier eh nicht. Ich muss die Kapitel immer wieder von vorne beginnen.

Wenn der Beutel erst mal durch ist, kommt noch eine Salzlösung. Die läuft mit Tempo durch: Tropf, tropf, tropf, tropf, tropf. Keine Pausen.

Nach drei Stunden bin ich endlich fertig für heute.

Vor sieben Wochen habe ich die Knubbel beim Baden entdeckt, vor sechs meiner Mutter davon erzählt, vor fünf wurden Gewebeproben entnommen. Seit drei Wochen weiß ich, dass ich Lymphdrüsenkrebs habe. Seit zwei Wochen gehören die Einstichstellen zu meinem Körper.

„Ben befindet sich im Erststadium, seine Heilungschancen stehen gut, bei mindestens fünfundneunzig Prozent", teilte der Arzt uns mit. Mit einer Stimme und einem Gesicht, das uns wohl beruhigen sollte. Meine Eltern saßen links und rechts von mir und hielten meine Hand. Mir war das zu dramatisch, aber wenn es ihnen half, von mir aus. Die „fünfundneunzig Prozent" konnte sie von dem Schrecken, den das Wort „Krebs" auslöst, nicht ablenken. Meine Mutter starrte den Arzt an, als habe sie einen Geist gesehen. Man musste ihr Wasser bringen. Mein Vater begann, schwer zu atmen, er keuchte regelrecht. Ich sah nur von einem zum anderen und wollte so schnell wie möglich da raus. Zu meinem Team. In zwei Stunden sollten die Moves für den

Videodreh festgelegt werden. Das war wichtiger als dieses Geplänkel hier.
Dann machte ich halt diese beschissene „leichte Chemo" und fertig. No big Deal.

Ich habe sie unterschätzt. Tatsächlich wurde ich schon nach der ersten Behandlung nach einigen Stunden extrem müde. Appetit habe ich auch keinen mehr, Nahrung aufzunehmen ist für mich zum Zwang geworden. Ich komme mir vor wie ein Fünfjähriger, der seinen Spinat nicht essen will. Den seine Mutter so lange am Küchentisch sitzen lässt, bis er wenigstens die Hälfte davon gegessen hat. Zwar muss ich jetzt nicht mehr sitzen bleiben, aber sowohl meine Eltern als auch meine Schwester laufen ständig mit Essbarem hinter mir her. Ihre Sorge um mich steht ihnen ins Gesicht geschrieben und das macht mich fertig. Ich will nicht, dass es ihnen wegen mir schlecht geht. Außerdem fühle ich mich wie ein Gefangener in einem Blickegefängnis. Alle starren mich permanent an. Wir sehen gemeinsam einen Film - meine Mutter starrt von der Seite. Ich sitze im Garten - Sophie starrt während sie Schnittlauch schneidet. Ich wache nachts auf - mein Vater starrt, während er wie ein Schlafwandler vor meinem Bett steht. Abgesehen von den Schrecken, die sie mir damit einjagen: Wie bekomme ich so den Popel aus der Nase gepult, ohne dabei beobachtet zu werden?
Auf dem Gang wartet meine Mutter, sie nimmt mich fest in den Arm. Ich lasse es zu, heute tut es gut.
„Und jetzt ein großes Eis in der Cafeteria, was meinst du?" schlägt sie vor.

„Ich habe eigentlich gar keinen Hunger auf ein Eis, aber du kannst dir ja eins holen."

„So machen wir das, vielleicht hast du ja unten doch Lust auf eins."

Ich lächle sie an und wir steigen in den Fahrstuhl. Sie nimmt Erdbeere und Banane, ich eine Kugel Zitrone. Das mache ich ihr zuliebe. Sie freut sich tatsächlich darüber.

Eigentlich möchte ich so schnell wie möglich wieder hier raus. Ich gehe voran. Durch den Hauptausgang. Dort steht sie. Tayfuns Schwester. Vorher ist sie von der Banklehne gesprungen, auf der sie bis dahin gesessen hatte. Sie geht einen Schritt auf mich zu. Ihre Hände hat sie in die Taschen ihrer Lederjacke vergraben. Ein riesiger Kopfhörer liegt um ihren Hals. Ich sehe sie an. Sie sieht mich an. Fünf Sekunden können ganz schön lang sein. Sie öffnet den Mund, aber es kommen keine Worte heraus. Sie sieht zu Boden.

„Was ist?", frage ich sie misstrauisch.

„Ich..."

„Was will Bahar schon wieder?"

Das ist meine Mutter, die inzwischen zu mir aufgeschlossen hat. Bahar? Woher kennt Mama ihren Namen?

„Komm Ben, wir müssen dringend nach Hause, Papa hat gerade geschrieben."

Sie umfasst meine Schultern und schiebt mich vorwärts. Nach einigen Schritten drehe ich mich noch mal zu Bahar um. Aber sie ist schon weg.

Bahar

Das ganze Wochenende habe ich stundenlang vor dem Krankenhaus verbracht. Gewartet bis er reingeht oder raus kommt. Ich muss Ben erklären, dass ich keine Verräterin bin. Dass ich ihm helfen wollte und schon mal geholfen habe. Vor ein paar Tagen am Fluss. Und ich will ihn fragen, ob seine Mutter immer noch denkt, ich hätte ihm die Drogen beschafft. Ich kann das nicht auf mir sitzen lassen. Ich bin keine Drogendealerin nur weil ich türkisch aussehe. Das muss er seiner Mutter sagen. Früher habe ich auf so etwas nicht reagiert. Meine Anne sagt immer, ich soll dann einfach ruhig bleiben. Aber ich kann das nicht mehr.

Was soll ich zu Ben sagen wenn er hier irgendwann doch noch auftaucht?

„Hallo Ben, ich bin eigentlich keine Petze" und „Du hast deiner Mutter doch gesagt, dass ich das nicht war, oder?"

Er wird mich für eine Idiotin halten.

Um mir Mut zu machen, setze ich meine Kopfhörer auf. Die riegeln mich komplett von der Welt da draußen ab. Ich muss ja schließlich nicht hören, wie Ben aus dem Krankenhaus kommt.

So stehe ich da. Stehe und starre auf den Eingang. Irgendwann setze ich mich doch. Und dann kommen sie. Ben voran mit einem Eis. Es geht ihm anscheinend besser, auch wenn seine Augen noch müde aussehen. Er sieht mich nicht, guckt verträumt auf den Boden. Jetzt hat er mich bemerkt, ist richtig zusammengezuckt. Will wissen, was ich hier will. Ich habe einen USB-Stick mit Songs für ihn vorbereitet. Vielleicht machen sie ihn auch stark, wenn es ihm gerade schlecht geht mit der ganzen

Chemo und so.

Warum bekomme ich kein Wort heraus? Warum bleibt meine Hand mit dem Stick in der Hosentasche?

Seine Mutter ist plötzlich aufgetaucht. Sie ist offensichtlich nicht begeistert, mich zu sehen. Was hat sie gegen mich? Ich gehe auf sie zu, will sie ansprechen. Sie kommt mir zuvor und schnauft mich an. Was ich von ihrem Sohn will. Ich will ihr sagen, dass sie falsch liegt. Ich gehe einige Schritt hinter ihnen her. Aber sie beachten mich nicht weiter.

Also verschwinde ich. So schnell ich kann.

Ben

Zuhause gibt es einen Überraschungsgast. Mein Klassenlehrer. Nicht mein Tag heute. Meine Eltern sind begeistert.

„Das ist aber nett, dass sie persönlich einmal vorbeikommen, Herr Batusiak. So engagierte Lehrer gibt es heute nur noch selten. Georg, hast Du ihm noch keinen Kaffee angeboten? Ich habe gerade heute Morgen Ingwerkekse gebacken, möchten sie?“

Er möchte. Meine Mutter verschwindet in der Küche. Mein Vater sucht die guten Kaffeetassen. Ich und Batusiak schweigen uns an. Irgendwann hält er es nicht mehr aus.

„Hast du das Krankenhaus gut überstanden, Ben? War bestimmt langweilig, oder?“

Ich hoffe, er wird ihnen nicht zu viel von der Schule erzählen.

Doch eine Tasse Kaffee, zwei Ingwerkekse und ein Rezeptaustausch später, packt Batusiak aus:
„Ich dachte, in dieser besonderen Situation sollte ich sie auch einmal Zuhause besuchen. Sie haben es ja zum Elternabend nicht geschafft. Kann ich verstehen, wir leben in einer hektischen Zeit."
Meine Eltern wissen nicht wovon er redet.
„Was für ein Elternabend?", fragt meine Mutter irritiert.
„Oh", antwortet mein Lehrer.
Er sieht mich vielsagend an. Zumindest ist er nicht schwer von Begriff.
„Ich möchte ihnen kurz über Bens Leistungen berichten. Also die schriftlichen Noten sind nicht viel schlechter geworden. Da kann man sehr zufrieden sein. Andere Schüler, die mal eine Woche Grippe haben, fallen häufig total ab. Da ist es ein Wunder, dass Ben sich mit seiner Krebserkrankung auf einem Zweier-Dreierniveau hält. Mündliche sieht es allerdings schlecht aus."
Würg.
„Sollten wir ihm Nachhilfestunden organisieren?"
Typisch Mama.
„Die kann ich ihm doch geben."
Nein, danke Papa.
„Ich denke, das ist nicht notwendig. Ich weiß, das Ben es eigentlich kann."
Jetzt bin ich aber gespannt.
„In Bens Situation ist es von besonderer Bedeutung, dass er seine sozialen Kontakte aufrecht hält. Und da sehe ich im Moment ein Problem."
Meine Eltern sehen abwechselnd zu Batusiak und mir. Sieht aus wie bei einem Tennismatch. Batusiak geht mit

15:0 in Führung.

„Was meinen sie?“

„Ben grenzt sich aus.“

30:0 Batusiak.

„Das kann ich mir nicht vorstellen. Ben war schon immer ein sehr kommunikativer Junge.“

Meine Mutter holt auf, 30:15.

„Ja, eigentlich. Aber er verletzt seine Mitschüler.“

Früher habe ich den Mann mal respektiert. Trotz dem Kopfrechnen-Spiel.

„Wir haben seine Klassenkameraden ganz genau über seine Krankheit aufgeklärt. Sie kümmern sich rührend um ihn. Bieten ihm an, seine Tasche zu tragen. Halten ihm einen Platz frei in der Mensa. Viele umarmen ihn sogar wenn sie ihn sehen.“

„Das ist ja toll. Hätte gar nicht gedacht, dass Jugendliche heute so mitfühlend sind. Oder Ben?“

Ich betrachte das Wohnzimmerfenster. Auch nur Erdgeschoss. Ich habe ein Glück in letzter Zeit.

„Ja, aber Ben stößt ihnen dann permanent vor den Kopf.“

Blick zu mir, Blick zu Batusiak.

40:15, Spielball.

„Das ist sicher ein Missverständnis.“

Mein Vater. 40:30, abgewehrt.

„In den letzten Wochen hat er kein Wort mehr im Unterricht gesprochen. Noch haben wir alle Verständnis dafür. Aber wir haben unsere Vorschriften. Wenn das so weitergeht müssen wir ihm für seine mündlichen Leistungen eine Sechs geben. Das wird seinen Notenschnitt extrem nach unten ziehen. Vielleicht ist es eine bessere

Lösung, ihn für die Zeit der Chemo von der Schule zu nehmen. Dann kann er im nächsten Jahr die Klasse wiederholen."
Game, Set, Match Batusiak.

Bahar

Das zweite Training der Woche ist nicht verpflichtend. Wenn man in die U17 will, kommt man aber nicht daran vorbei. Will ich auch nicht. Gerade heute nicht. Ich will nicht mehr an Ben und seine Mutter denken. Da hilft nur Fußball. Beim zweiten Training können wir entscheiden, welche Übungen wir anfangs machen. Ich werde Rapid-Response-Drills vorschlagen. Ich habe auf einer Fußball-Site gelesen, dass die deine Schnelligkeit erhöhen. Die hängt nicht von deinen Muskeln ab, sondern vom Gehirn. Das muss mit deinem Körper kommunizieren, sonst läuft da gar nichts. Die Übung geht so: Ich stelle meine Beine schulterbreit auseinander. Knie und Arme beugen. Ich denke mir eine Linie direkt neben meinen Füßen und springe sechs Sekunden lang so schnell es geht flach darüber.
Kann man praktisch überall machen. Im Zimmer, in der Küche, auf dem Klo. Und hier auf dem Platz natürlich.

Ich komme aus der Umkleidekabine, die anderen stehen schon fertig da. In einiger Entfernung Claras Gang.
Das ist wie in diesen Collegefilmen. Die verliebten Mädchen begleiten den Quarterback zum Training, himmeln ihn an und winken ihm stundenlang kichernd zu. Am

besten noch mit diesen Cheerleaderbommeldingern. Hier ist es anders herum. Die Jungs haben aber keine Bommel.
Clara sieht mal wieder perfekt aus. Knitterfreies Trikot, glatt gekämmtes Haar, mit einem Haarband nach hinten gehalten. Und perfekte Beine. Mit meinen nicht zu vergleichen. Ich habe blaue Flecken und Wunden überall. Für mich gehört das dazu. Wenn ich in einen Zweikampf gehe, schürfe ich auch mal über den Rasen. Oder es gibt Knochen-zu-Knochen Kontakt mit dem Schienbein einer anderen. Ich habe früher mit Jungs trainiert, die waren auch nicht zimperlich. Von Schienbeinschonern halte ich nichts, die sind was für Weicheier. Weicheier wie Clara. Die zieht ihre Stutzen bis über die Knie. Als wären das Stiefel. Darüber noch die Schoner. Die benutze ich nur bei einem Spiel. Und da auch nur, weil sie Pflicht sind.
Mein Trainer kommt auf mich zu.
„Bahar, du bist heute mit dem Aufwärmtraining dran. Was hast du dir überlegt?“
Ich zeige den anderen, wie Drills funktionieren. Findet er gut.
„Was soll denn das bitte sein? Also sowas mache ich ganz bestimmt nicht mit.“
Clara. Das war klar.
„Ich bin zum Fußballspielen hergekommen und nicht zum Hüpfen.“
Claras Gang lacht sich Schlapp. „Was für eine Frau, nicht schlecht.“
Marcel klatscht besonders laut und nickt anerkennend mit dem Kopf.

„Die spricht mal Klartext mit der Kameltreiberin.“
Das hat er nicht gesagt. Ich bin wie erstarrt.
Sehe zu Clara, die grinst nur blöde vor sich hin.
„Das nimmt der zurück oder ich knall ihm eine!“,
schreie ich sie an.
„Stimmt, eigentlich hätte er Kameltreiber sagen sollen.
Guck dich doch mal an: Kurze Haare, keine Fingernä-
gel, blaue Beine, keinen Freund. Sorry, du siehst aus wie
ein Junge.“
Mir bleibt die Luft weg. Kann wieder nicht angemessen
reagieren. Ich stehe nur da und japse vor mich hin.
Mein Coach hat das natürlich mal wieder nicht mitbe-
kommen.
„Was steht ihr da rum? Jetzt fangt endlich an zu spielen.
Aufteilung in zwei Gruppen. Bahar und Clara, stellt
Eure Teams zusammen.“
Er pfeift das Spiel an.
Diesmal mache ich keine Jagd auf den Ball. Ich jage
Clara. Ich gebe vor, bei der Abwehr helfen zu wollen.
Sprinte über den ganzen Platz, um zu Clara zu kommen.
„Was machst du da, Bahar? Halte deine Position!“
Zuerst reiße ich ihr das Stirnband vom Kopf. Bei ihrer
Haarpracht kann sie beim Laufen jetzt kaum noch etwas
sehen. Dann versuche ich gar nicht erst den Ball zu tref-
fen, sondern verpasse ihr einen kräftigen Schupser als
sie mit dem Ball aufs Tor zurast. Sie bekommt dadurch
so viel Schwung, dass sie nicht rechtzeitig vor der Bande
anhalten kann und schließlich kopfüber darüber fliegt.
Erst sieht man noch ihre perfekten Beine kerzengerade
in der Luft, dann sind auch die verschwunden. Einen
Moment lang ist es totenstill. Zwei Sekunden später

fängt sie an zu schreien. Alle rennen zur Bande, um nach ihr zu sehen. Ich auch, ich wollte sie eigentlich nur kurz zum Stolpern bringen.

Das Schreien hört sich nicht gut an. Aber ich habe Glück: Sie hat sich nur einen Fingernagel abgebrochen. Das pink-weiße Etwas mit Glitzerpuder steckt hochkant im Rasen. Das war bestimmt ein teurer Frenchnail oder wie die Dinger heißen.

Clara schreit und schnauft gleichzeitig. Ich muss sehen, dass ich hier weg komme. Mein Trainer ruft mir hinterher:

„Das war's Bahar, jetzt bist du zu weit gegangen. Du brauchst nächste Woche gar nicht erst zum Training zu kommen. Deine Eltern sollen mich anrufen."

„Wir machen dich fertig", ruft Marcel mir hinterher, als ich mit einigem Abstand an ihm vorbei sprinte.

Kapitel 8: Spezialtraining

Ben

Ich halte es ohne Parkour nicht mehr aus. Mir ist schlecht und schwindlig von der Infusion. Aber das ist mir egal. Ich erzähle meiner Mutter, ich würde zu Timo rübergehen. Sie findet das „super toll und wichtig".
Ich breche auf. Diesmal renne ich nicht. Ganz im Gegenteil, ich bin langsam. Den Großteil des Weges fahre ich mit dem Bus. Nicht nur weil mir schlecht ist. Ich habe Angst.
Sie haben mich aus dem Team geworfen. Wie komme ich da wieder rein?
Wäre nur nicht diese Bahar gewesen. Dann wüssten sie nichts von den Drogen. Dann wäre es nur der Krebs. Und für den kann ich ja nichts. Ich habe nicht nur Angst davor, dass sie mich nicht mehr aufnehmen. Werden sie mich auch so ansehen, wie die in der Schule? Als hätten sie Angst davor, sich bei mir anzustecken? Ich merke, dass sie nicht wissen, was sie zu mir sagen sollen. Dass es für sie einfacher ist, gar nicht mehr mit mir zu reden. Viele meiden mich. Timo zum Beispiel. Mein bester Freund schon seit der Grundschule. Seit kurzem ist er schwer beschäftigt. Muss zum Musikunterricht. Ist mit seiner Freundin verabredet, „Sorry". Muss seiner Mutter im Garten helfen. Im Garten helfen? Ich meine, Hallo?
Wenn Lehrer im Raum sind, läuft ein anderes Spiel. Da können die alle gar nicht schnell genug an mir dran sein.

Sie nehmen mir Sachen ab und wollen sie mir irgendwohin tragen. Als wäre ich ein zu kleines Mädchen, das seinen Schulranzen nicht tragen kann. Sie bieten mir an, meine Hausaufgaben zu machen. Kopfkrebs habe ich ja eigentlich nicht. Einige Mädchen konkurrieren darin, wer die Sozialste ist. Das messen sie an der Anzahl an Umarmungen ihres krebskranken Mitschülers. Wahrscheinlich führen sie Strichlisten. Früher hat keine von denen Notiz von mir genommen. Da waren sie höchstens an Timo dran. Jetzt drücken sie mich, streicheln mir über die Schulter. Manchmal gibt's sogar ein „ohhhhh, armer Ben, wie fühlst du dich?". Ich hasse das. Wie oft habe ich schon gesagt „mir geht's gut, keine Sorge". Mir glaubt aber niemand. Da kann ich machen, was ich will. Gott sei Dank ist Clara meistens anders. Sie zwinkert mir   manchmal   zu.

Schwach darf ich auch gegenüber den Parkourleuten nicht sein. Die Chance, Teil eines Musikvideos zu werden, kommt so schnell nicht wieder.
Ich sehe den Bahnhof schon von weitem. Zur Übelkeit kommt jetzt auch noch Herzrasen.
Ich werde nicht direkt zu ihnen gehen. Ich kenne eine Stelle, von der ich sie erstmal beobachten kann. Dazu laufe ich einmal um den Bahnhof herum. Sie sind wie immer auf Gleis Drei. Ich steige langsam die Treppen zum Achten hoch. Hinter das Aufsichtshäuschen kann ich mich stellen. Von hier habe ich sie halbwegs im Blick.
Sie sind beim Krafttraining an der Treppe. Springen mit

beiden Füßen gleichzeitig die dreißig Stufen hoch. Laufen locker wieder runter und noch mal von vorne. Ich zähle mit. Jetzt schon das dritte Mal. Wer weiß, wie oft sie das schon gemacht haben. Ich könnte das im Moment nicht. Ich käme vielleicht zehn Stufen hoch, dann würde mir die Luft ausgehen.

Jetzt ändern sie etwas. Springen mit nur einem Bein rauf. Locker wieder runter. Mit dem anderen Bein wieder rauf. Locker wieder runter. Nächste Übung. Sie überspringen immer drei Stufen gleichzeitig nach oben. Locker wieder runter. Immer wenn sie unten sind, braucht es ein paar Sekunden, bis ich sie wieder sehen kann. Ihre springenden Köpfe zuerst.

Diesmal dauert es länger. Entweder es gibt ein Problem, oder Tayfun erklärt ihnen etwas. Ich wünschte, ich könnte hören, was er zu ihnen sagt. Aber ich will sie wenigstens sehen. Also wage ich mich etwas mehr hinter dem Aufsichtshäuschen hervor. Ich sehe seinen Kopf. Den von Tayfun. Er nimmt vier Stufen gleichzeitig, beidbeinig im Sprung. Hinter ihm machen es ihm die Jungs nach. Aber sie sind viel langsamer als er. Oben angekommen, schütteln sie die Beine aus. Sie lachen. Jemand scheint etwas Lustiges gesagt zu haben. Wahrscheinlich Kiyun, der ist der Spaßvogel im Team. Auch seinen neuesten Witz habe ich also verpasst. Ich halte es nicht mehr aus, werde gehen. Sie sehen mich eh nicht, egal welchen Weg ich nehme.

„Ben, was lungerst Du da hinten herum? Komm gefälligst her!" Tayfun. Hat er mich jetzt gerade erst bemerkt? Wie schnell totale Aussichtslosigkeit in Aufregung und Hoffnung umschlagen kann. Ich komme die

Stufen zu Gleis Drei schneller hoch als gedacht.

Sie begrüßen mich, als wäre nichts gewesen. Klopfen mir auf die Schulter, klatschen mich ab. Nur kurz. Dann wenden sie sich wieder Tayfun zu und warten auf die nächste Anweisung. Ich kann ihm kaum folgen. In mir macht sich eine riesengroße Erleichterung breit. Ein langes tiefes Aufatmen kann ich nicht unterdrücken.

„Jungs, Ihr lauft jetzt Niels Strecke über das Kaiserlei, alles klar? Schön konzentriert, achtet auf die Fußgänger. Ben du bleibst hier, Spezialtraining für dich.“

Ratlos sehe ich Niels und Co hinterher. Spezialtraining. So etwas gab´s noch nie. Irgendwie bin ich aber auch stolz drauf, dass Tayfun sich jetzt nur mit mir befassen wird.

„Krankenhaus gut überstanden?“

Oh nein, jetzt will er doch über meinen Krebs reden.

„Ja“, ich antworte absichtlich kurz. Er versteht.

„Sag mal, was weißt du eigentlich über Parkour, Ben?“

Ich bin mir nicht sicher, was er damit meint und muss erstmal überlegen.

„Ich hab da viel gelesen. Es geht darum, immer den effizientesten Weg zu gehen. Auch wenn da keine Wege sind.“

„Nicht schlecht“, Tayfun ist zufrieden.

„Und warum machst du Parkour?“

„Weil es einen total sportlich macht und es einfach nur genial aussieht.“

Er schweigt einen Moment.

„Es geht da noch um mehr, Ben.“

Ich habe keine Ahnung, was er meint.

„Zuallererst geht es um das effiziente Überwinden von

Hindernissen in der Stadt und in der Natur. Das siehst du schon ganz richtig. Entwickelt hat das übrigens eine Gruppe von Jugendlichen in Frankreich. Sie nennen sich Yamakasí. Einer von ihnen hat Parkour später zu Freerunning weiterentwickelt. Da werden dann auch akrobatische Kunstsprünge eingearbeitet. Das machen wir ja auch manchmal. Für mich und viele andere ist Parkour in erster Linie eine Philosophie. Es geht um Respekt und Toleranz. Es zählt nur der Sport und nicht die Herkunft oder das Aussehen der Teammitglieder. Es geht auch um den Respekt gegenüber deiner Umwelt. Parkour bedeutet, sich nicht einschränken zu lassen. Dadurch gewinnt man geistige Freiheit. Eine Schule fürs Leben sozusagen. Es geht um Selbstdisziplin und die richtige Einschätzung deines Körpers. Du sollst deinen Körper trainieren und fordern, aber nicht überfordern. Wenn dein Körper gerade gegen Krebs kämpfen muss, hat er schon einiges zu tun. Dadurch fühlst du dich schwächer als sonst. Aber dein Körper ist bärenstark und leistet gerade enormes. Du musst ihm helfen, indem du dir genau überlegst, was du ihm zusätzlich noch zumuten kannst."
„Das heißt, ich kann nicht mehr trainieren, oder?"
„Nein Ben, da liegst du falsch. Lass mich ausreden. Im Moment trainieren wir ja nur hier am Bahnhof wegen des Drehs. Aber bei Parkour geht es eigentlich um die Neuentdeckung deiner Stadt. Du musst dabei alle Hindernisse überwinden, die sich dir in den Weg stellen. Was könnte dein Weg sein, Ben?"
Ich habe keine Ahnung. Ich kann deshalb nur mit den Schultern zucken.

„Dann wird es Zeit, diesen Weg zu entdecken. Lauf los und such ihn dir. Überwinde die Hindernisse mit Parkour nur, wenn du völlige Kontrolle über die Situation hast. Wenn du weißt, dass dein Körper das schaffen kann. Taste dich langsam heran. Wenn du dich gerade schwach fühlst, dann spaziere den Weg einfach nur ab und stelle dir die Überwindungen vor. Wenn Dein Körper sich wieder erholt hat, wirst du mit Parkour deinen Flow durch diesen Weg finden.“

„Aber wenn ich einfach nur herumspaziere, kann ich doch nicht für die Moves im Videodreh trainieren.“

„Nichts ist unwichtiger als das Video, Ben. Es hört sich vielleicht abgedroschen an, aber bei Parkour ist der Weg das Ziel. Lauf jetzt erst mal los. Binde alles ein: Innenhöfe, Mauern, Hauswände. Irgendwann laufen wir deinen Weg dann alle zusammen.“

Ich gehe und steige die Treppen des Bahnsteigs hinunter. Ich bin noch Teil des Teams. Damit kann ich zufrieden sein. Anscheinend hat Tayfun mich nicht aufgegeben. Einen eigenen Weg zu haben, den die anderen dann mitlaufen werden, hört sich total gut an. So richtig verstanden habe ich das gerade allerdings nicht. Der Videodreh ist nicht wichtig? Warum trainieren wir dann schon so lange dafür? Ich gebe das jetzt nicht so leicht auf. Vielleicht ist es für lange Zeit meine einzige Chance, mich präsentieren zu können. Irgendwann muss ich damit anfangen, wenn ich Stuntman werden will. Ein paar Tage habe ich ja noch, bis es so weit ist. Vielleicht schaffe ich es, meinen Körper doch wieder etwas aufzubauen. Diesmal ohne Drogen.

Ich stehe jetzt vor dem Haupteingang. In welche Richtung soll ich gehen? Geradeaus liegt die Innenstadt. Zu viele Menschen für mich im Moment. Rechts ist eine Bushaltestelle. Dahinter kommt eine Schnellstraße. Ich mag Autos nicht besonders.
Ich entscheide mich für links, Richtung Park.

Bahar

Ich habe gerade keinen Plan, wie ich das wieder hinbiegen soll. Wie soll ich Anne oder Baba dazu bringen, den Coach anzurufen? Ich werde ihnen sagen müssen, was passiert ist. Sie werden mein Verhalten als Bestätigung dafür sehen, dass ich zunehmend „verrohe", wie sie so gerne sagen.
„Typisch Teenager, aber auch da muss man sich benehmen, so geht das nicht weiter", höre ich schon Annes Stimme.
Ich brauche dringend Beratung und rufe Sarah an. Mailbox. Während ich drauf quatsche, versucht sie mich anzurufen. Irgendwann haben wir uns. Ich erzähle ihr die Story mit dem Coach und Clara.
„Sie hat echt Kameltreiber zu dir gesagt?"
„Nicht nur sie, auch ihr Rottweiler, dieser Marcel."
„Salam"
„Was?"
„Weißt Du was blöd ist? Jetzt hat sie genau das bekommen, was sie wollte."
„Ne, ne, ich hab sie ja umgenietet."
„Ja genau. Sie hat jetzt, Salam, einen kleinen blauen

Fleck. Außerdem viel Aufmerksamkeit und erreicht, dass du nicht mehr trainieren darfst. Wen, meinst du, stellt dein Trainer dann beim Sichtungsspiel auf? Salam!"

„Was hast du dauernd mit Salam?"

„Sorry, stehe vor der Moschee. Ich muss jetzt auch rein. Hör mal, rede mit Tayfun, dem fällt doch immer etwas ein."

„Telefonieren wir später noch mal?"

„Klar."

Ich verabschiede mich von ihr. Manchmal denke ich, Sarah ist weise oder sowas. Mit fünfzehn schon, ein Wunderkind. Ich hätte jetzt lieber mit ihr weitergeredet.

Schon wieder zu Tayfun gehen? Ich liebe meinen Bruder, aber er soll mich auch nicht ewig für das kleine Mädchen halten. Ständig muss ich zu ihm dackeln und um Hilfe bitten. Aber eigentlich ist er die einzige Lösung. Er könnte meinen Trainer anrufen und sich als meinen Vater ausgeben. Wird er das machen? Ich muss es versuchen, etwas anderes bleibt mir ja nicht übrig.

Auf dem Weg zum Bahnhof laufe ich durchs Westend. Ich trotte den Bürgersteig entlang, es eilt ja nicht. Schöne Häuser sind das hier. Alte Häuser, frisch gestrichen, mit bunten Gärten. Und das so nah an der Innenstadt. Teuer muss es sein, hier zu wohnen.

Bestimmt lebt Ben hier irgendwo.

Während ich so darüber nachdenke, springt mir jemand direkt vor meine Füße.

Ich versuche noch herauszufinden, ob ich gerade meinen ersten Herzinfarkt bekomme, da ist er schon wieder weg. Ich will nach Luft schnappen, da landet der nächste vor mir. Und ein Dritter. Erst als ich wieder atmen kann, wird mir bewusst, dass es Tayfuns Jungs waren. Sie haben anscheinend die Mauer eines dieser schönen Gärten als Hürde genommen. Wäre ich jetzt eine alte Oma, wäre ich bestimmt auf der Stelle tot umgefallen vor Schreck. Wo ist eigentlich Tayfun? Normalerweise sind sie doch immer im Pulk unterwegs.

Er sitzt mit einer Flasche Wasser auf der Treppe zu Gleis Drei als ich beim Bahnhof ankomme.

„Na, Schwesterherz, gar nicht beim Training?“

„Na, Bruderherz, brauchst du eine Pause? Wirst wohl langsam alt, was?“

Er grinst, ich setze mich zu ihm. Es ist schön hier in der Sonne. Ich glaube wir sind gerade die einzigen Menschen im ganzen Bahnhof. Es ist still, relativ. Man hört zwar das Rauschen der Innenstadt und natürlich das Fiepen der Flugzeuge, aber das alles scheint weit weg in diesem Moment. Fast idyllisch, könnte man sagen.

Tayfun merkt mal wieder, dass etwas nicht stimmt. Er ist manchmal wie so ein Muttertier. Die merken alles, auch wenn man noch nichts gesagt hat. Meine Anne kann das auch, aber bei ihr nervt mich das. Das ist so, als würde sie mein Tagebuch lesen.

„Was ist passiert, Bahar? Du bist doch sonst nicht so schweigsam.“

„Kann man nicht mal einfach so mit seinem Bruder in der Sonne sitzen?“

„Kann man, ist bei dir aber eher ungewöhnlich.“

Es hat keinen Zweck. Komme ich eben gleich zur Sache.

„Es gab Ärger mit Clara. Sie war mal wieder total intrigant und da habe ich sie so ein bisschen geschubst. Sie hat sich natürlich sofort hingeschmissen. Und jetzt darf ich nicht mehr zum Training wegen der. Und Anne und Baba sollen den Coach anrufen. Bei denen bin ich doch eh gerade unten durch."
Er verdreht die Augen und schnauft.
„Bahar, du bist doch eigentlich ein schlaues Mädchen. Warum drehst du bei der immer so durch?"
„Die ist einfach sowas von daneben. Die hasst Ausländer."
„Du bist keine Ausländerin, du bist Deutsche."
„Und dann immer ihre komische Jungsgang. Die haben mich sogar bedroht."
„Wie bedroht?"
„Sie sagen, sie wollen mich fertig machen."
Jetzt wird er böse.
„Sag mir, wer die sind und ich kümmere mich darum."
„Ne, ich komm schon klar. Aber ich muss unbedingt zu dem Sichtungsspiel. Ich kann mir doch von Clara nicht meinen Traum versauen lassen."
Ich frage ihn, ob er nicht statt Anne und Baba beim Coach anrufen könne. Er ist nicht begeistert. Die Beiden würden ausflippen, wenn sie Wind davon bekämen. Mein Bruder sieht aber auch ein, dass die Stimmung Zuhause eh gerade etwas angespannt ist wegen der Sache neulich. Also ruft er an. Entschuldigt sich für seine Tochter. Sie habe es gerade nicht leicht, weil der Mops sterbenskrank sei. Und sie liebe den Hund doch so. Es werde nicht mehr vorkommen und so weiter und so fort.

Mein Coach nimmt es ihm ab. Aber er bleibt dabei. Ich kann eine Woche, die Woche vor dem Sichtungsspiel, nicht mit trainieren. Sonst würden ihm Claras Eltern auf die Palme steigen. Ob ich aufgestellt werde im Spiel will er noch nicht zusagen.
Ich habe mir mehr erhofft und bin verzweifelt.
„Wie meint er das, er stellt mich nicht auf? Ich bin doch die Torjägerin der Saison."
„Es geht eurem Coach offensichtlich um mehr, als euch nur zum nächsten Sieg zu führen."
„Was? Verstehe ich nicht."
Er verdreht die Augen und seufzt.
Eine Woche bedeutet, drei Mal kein Training.
„Dann bin ich doch überhaupt nicht in Form nächsten Samstag."
„Trainier doch allein", schlägt mein Bruder vor.
„Kann ich nicht mit euch trainieren? Seilspringen, Treppen hochhüpfen und so? Bitte Tayfun, nur diese Woche. Dann lass ich euch wieder in Ruhe."
„Wir stehen hier auch vor einem wichtigen Ereignis, Bahar. Wir müssen uns konzentrieren und können nicht die Pädagogen für ein pubertierendes Mädchen spielen."
„Die Jungs pubertieren auch und dieses pubertierende Mädchen hier ist immerhin deine Schwester. Was ist bloß aus dem Zusammenhalt türkischer Familien geworden?"
Er stöhnt auf. Damit kriege ich ihn immer.

Ben

Warum gehe ich eigentlich so planlos die Straße entlang? Langsam glaube ich selbst, dass ich noch viel zu lernen habe. Das ist doch kein Parkour. Wie komme ich also zum Park, ohne die Straße zu nutzen? Ich muss einen direkten Weg finden.
Ich sehe mich um. Parkende Autos. Ein Kiosk, ein Bäcker. Was soll ich da überwinden? Nervig diese Aufgabe. Von wegen, meinen Körper richtig einschätzen. Woher soll ich denn wissen, was der von mir will? Ich verstehe ihn schon lange nicht mehr. Wo ist der Krebs bitte hergekommen? Im Fernsehen haben sie gesagt, dass man sich bewegen und gesund essen muss, dann bleibe man gesund. Wenn ich nicht genug Sport gemacht habe in letzter Zeit, weiß ich auch nicht. Und bevor Mama so viele Süßigkeiten gegessen hat, gab es Vitamine im Hochkonzentrat auf dem Küchentisch. Und zwar jeden Tag. Burger habe ich mir nur selten heimlich mit Sophie besorgt. Seit Parkour aber auch nicht mehr. Geerbt kann ich den Krebs auch nicht haben. In meiner Familie hatte das noch nie jemand. Da ist es viel wahrscheinlicher, dass ich Alzheimer kriege, wie Oma. Aber wohl noch nicht in meinem Alter.
Das ist alles wie ein schlechter Film. Mein Körper kann mich mal.
Ich sehe in die Einfahrt eines Mehrfamilienhauses. Netter Innenhof, vielleicht sieht es da besser aus als an der Straße. Ich gehe hinein. Und bin erstaunt. Von außen sah das Haus einfach nur grau aus. So ein typischer Siebzigerjahrebau eben. Aber hier könnte man meinen, man sei in Italien. Die Hauswände zum Nachbargrundstück sind begrünt. Es gibt eine Terrasse, so eine Art Pergola.

Es hängen große Blätter herunter. Ich glaube das ist Wein. Ein Holztisch und einige Stühle stehen drunter. Bunte Lampions an der Seite. Ich sehe nach oben. Da gibt es jede Menge Balkone, jeder einzelne sieht anders aus. Hinter einer Mauer scheint es einen weiteren Innenhof zu geben. Ich glaube, hier lässt sich etwas draus machen. Ich müsste zuerst auf die Überdachung der Pergola kommen, dann wäre es auf die Mauer nur noch die halbe Höhe. Wie ich dann auf der anderen Seite wieder runter komme, muss ich sehen, wenn ich oben stehe.

Mir juckt es in den Armen und in den Beinen. Ich will das jetzt machen und nicht erst in ein paar Monaten. Mir ist auch nicht mehr so schlecht wie vorhin.

Die Frage ist, ob mich hier jemand beobachtet. Niemand wird stumm zusehen, wie ich an seinen Sachen herumklettere. Ich schaue mir die Balkone noch mal genauer an. Es sind acht Stück, aber Menschen sehe ich nicht. Da liegt nur ein fetter schwarzer Kater zusammengerollt in einer Ecke und beobachtet mich gelangweilt. Scheint zu faul zu sein, um mich zu verpfeifen. Einige Balkontüren sind geöffnet. Ich höre Geklapper aus den Wohnungen. Klar, es ist Mittagszeit. Da sind die Leute mit Essen beschäftigt. Hoffentlich essen sie alle brav Gemüse, sonst bekommen sie Krebs.

Auf die Pergola, über einen Balkon auf die Mauer. Das ist mein Plan. Ich klettere die Seitenwand der Pergola hoch. Sieh an, meine Armmuskeln funktionieren noch. Auf dem Dach bin ich ziemlich schnell. Spektakulär war das jetzt nicht, da muss ich mal überlegen, mit welcher Technik das noch ginge. Blöderweise ist die Mauer jetzt doch etwas zu hoch, um mich da einfach hochziehen zu können. Aber auf mittlerer Höhe befindet sich noch ein Balkon. Über das Geländer werde ich mich hochschwingen. Ich springe in die Luft und erreiche das Balkongeländer ziemlich einfach. Ich greife mit den Fingern fest zu. Jetzt muss ich Schwung holen. Ja genau, das müsste ich. Meine Arme wollen das aber leider nicht. Ich kann mich nicht mehr halten und drohe, abzurutschen. An etwas anderes denken hilft auch nicht mehr.

„Hey, was machst du da? Einbrechen wird sich nicht lohnen, da ist nichts zu holen."

Der Schock gibt mir den Rest. Das Geländer entgleitet meinen Fingern. Ich falle mit dem Rücken auf das Dach der Pergola. Die ist aber für meine 73 Kilo nicht gemacht und bricht durch. Ich lande auf dem Tisch. Wie ein Käfer, der auf dem Rücken liegt. Kopf und Beine hängen runter.

Es hat wehgetan. Aber ich kann noch alles bewegen. Also rolle ich mich runter und verlasse langsam und mit einem „das geschieht dir recht" vom Typen auf dem Balkon den Innenhof.

Ich flüchte mich in den Kiosk und trinke erstmal eine Coke. Ich hab's satt. Ich werde Tayfun sagen, dass ich jetzt erstmal nur für das Video trainieren will. Am Bahnhof. Das wird schwer genug werden. Aber wenn ich immer die gleichen Übungen wiederhole, werden sich auch meine Krebsmuskeln an die Bewegungen gewöhnen. Dann wird es klappen. Nach dem Videodreh kann ich ja gerne weiter auf die Suche nach diesem Weg gehen. Aber das hält mich doch jetzt nur auf und bringt gar nichts.

Mit dem Zucker und dem Koffein intus geht´s wieder und ich laufe zum Bahnhof zurück. Schon von weitem höre ich das Gejohle der Jungs.

Unten vor Gleis Drei sehe ich, was los ist. Bahar nimmt neben Tayfun vier Stufen gleichzeitig im Sprung. Sie ist genauso schnell wie ihr Bruder. Der ist offensichtlich total überrascht darüber. Die anderen dagegen begeistert. Sie klatschen und feuern sie an. Als sie oben ist, klopfen sie ihr anerkennend auf die Schultern.
„Nicht schlecht, Frau Specht.“
„Holla, die Waldfee.“
Sie bemerken mich nicht, als ich hoch komme.
Aber Bahar. Sie sieht mich triumphierend an.
„Was ist denn hier los?“ frage ich in die Runde.
Tayfun schweigt, starrt weiter ungläubig seine Schwester an.
„Bahar trainiert jetzt mit uns“, erklärt mir Niels.
„Was?“
„Ich find´s gut. Wir konnten eh mal eine Frau im Team gebrauchen“, Dom ist offensichtlich begeistert.
Ich finde nicht, dass wir eine Frau im Team brauchen. Und diese Bahar schon gar nicht.

Bahar

Ok, ich geb´s auf. Lächle extra und er sieht mich an, als würde er mich am liebsten vor einen Zug schmeißen. Die anderen Jungs sind wesentlich besser drauf als Ben. „Leute, ich denke für heute haben wir genug getan. Gehen wir nach Hause“, Tayfun kann doch noch sprechen.

Ich bin stolz, dass ich ihm seine Sprache verschlagen habe.

Er erklärt den Jungs, dass sie morgen wieder für den Dreh trainieren werden.

„Bekommt Bahar jetzt auch einen Part? Wäre doch nicht schlecht so ein Mädchen im Video", Dom scheine ich auch beeindruckt zu haben.

Wow, sogar im Video wollen sie mich mitmachen lassen. Aber nur weil ich ein wenig Sprungkraft in den Beinen habe, kann ich natürlich noch lange nicht, was die Jungs sich seit Monaten und Jahren antrainiert haben. Außerdem kann ich an dem Tag des Videodrehs gar nicht. Das ist am Samstag und da ist auch mein Sichtungsspiel. Das geht eindeutig vor.

„Mädchen haben bei Parkour echt nichts verloren. Die halten einen doch nur auf mit ihrem Gequatsche und Gejaule."

Ben. Meine Güte. Warum wundere ich mich überhaupt noch darüber? Passt eigentlich zu seinem unmöglichen Anmachspruch von neulich. Krebs macht einen anscheinend auch nicht intelligenter. Oder er wird vor seiner Krankheit noch doofer. Jedenfalls kommt er mit so einem Spruch bei mir nicht durch.

„Klar, mache ich mit. Gerne! Ich sage jetzt mal spontan zu. Du kannst mir ja in den nächsten Tagen einen Sprung oder so beibringen, Dom. Was meinst du?"

Dom freut sich offensichtlich sehr darüber, Ben bringt nur ein verächtliches Schnaufen heraus.

„Wir werden sehen", kündigt mein großer Bruder an, während er mir zuzwinkert.

„Und jetzt Abmarsch."

Sie klatschen sich noch gegenseitig ab, bevor sie in verschiedene Richtungen auseinandergehen.

Ben scheint wieder Teil des Teams zu sein. Und ich ein Teil von ihnen zu werden. Geplant oder nicht.

In meinem Zimmer angekommen, kuschle ich mich an meinen Mo. Fragt mich nicht, warum ich ihn so nenne. Er war mein allererster Teddy, das erstes Geschenk von meinem Onkel Mete. Irgendwann werde ich ihn Mo getauft haben, wahrscheinlich so mit zwei. Da war Mo noch fünfmal größer als ich. Inzwischen ist er halb so klein, aber immer noch groß genug, um als Kuschelmonster durchzugehen.

Ich sehe mir erstmal meine Nachrichten auf dem Handy an. Sarah hat einige SMSe geschrieben.

„Na, wieder beruhigt?", „Hast du Tayfun gefragt?", „Diese Clara ist es echt nicht wert, lass dich von der nicht runterziehen."

Ich schreibe ihr zurück.

„Tayfun hat´s gemacht. Er ist der Beste. Dieser Ben war wieder da. Voll der Arsch. Frauenhasser und so."

Sarah ist nicht online, sie wird sich später zurück melden.

Ich habe noch eine andere Nachricht bekommen. Von Clara.

„Das zahlen wir dir heim, mach dich auf was gefasst."

Mir wird zugegebenermaßen etwas mulmig. Aber nein, ich lasse mich von niemanden fertig machen oder mir Angst einjagen. Ich nicht. Weder von Clara oder Ben oder sonst wem.

Kapitel 9: Sit In an der Eckfahne

Ben

„Ich habe dir das komplette Outfit besorgt. Trikot mit deinem Namen hinten drauf, Schal, Mütze und ein Sitzkissen. Schützt Eins A gegen Hämorriden."
Mein Vater freut sich offensichtlich auf unseren ersten gemeinsamen Stadionbesuch und reißt einen Witz nach dem anderen. Er ist so gut drauf, dass ich es nicht über mich bringe, ihm zu sagen, wie wenig Lust ich darauf habe.
Damit habe ich mich schon häufiger unbeliebt gemacht. Schon oft hat er mich gefragt, ob ich nicht mit ihm einen Nachmittag, „nur wir Männer" im Stadion verbringen möchte. Aber ich bin gut in Ausreden erfinden und so kam ich immer drum herum. Er hätte zu schnell gemerkt, dass ich nicht mehr so bin, wie er mich haben will.

In dieser Stadt sind sie alle ganz verrückt nach Fußball. Papa sagt immer, die Kickers nehmen inzwischen den Platz der Kirchen ein.
„Früher, war es wichtig, jeden Sonntag vorne in der Kirchenbank zu sitzen. Jetzt wird über die geredet, die am Samstag nicht im Stadion waren. Die Zuschauer der Kickers sind nicht nur die typischen Ultras. Auch Familien mit Kindern, alte Menschen, Leute im Rollstuhl, Frauen, Banker wie ich, ungebildete Arbeiter, einfach alle gehen hin."

Seine Begeisterung ist grenzenlos, er versucht, mich damit anzustecken.

„Es geht nicht nur ums Spiel, es geht ums Sehen und Gesehen werden. Das ist wie eine große Stadtfamilie."
Mein Papa liebt es, seine Umwelt zu analysieren. Vielleicht wäre er lieber Soziologe geworden.
Jetzt ist er allerdings damit beschäftigt, mich endlich in diese Stadtgesellschaft einzuführen. Er hat mir ein fettes „Ben" auf den Rücken drucken lassen, als sei ich ein Kind. Irgendein Spielername wäre mir lieber gewesen, auch wenn ich den eh nicht gekannt hätte. Das Sitzkissen hat Papa besorgt, damit ich mich ja nicht erkälte. Wie auch mit diesem Schal bei dreiundzwanzig Grad? So bekomme ich höchstens einen Hitzekollaps.
Ich bin aber eigentlich froh darüber, mal wieder etwas mit meinem Vater zu unternehmen. Ich werde diesem Stadionding ernsthaft eine Chance geben.
„Was ruft man denn da so, wenn man die Kickers anfeuern will?"
Er freut sich über die Frage. Das sieht man ihm an.
„Oh, da kann man einiges rufen. Oder singen. Zum Beispiel: Wir ham kein Strom, wir ham kein Geld, wir sind der geilste Club der Welt."
„Warum haben wir keinen Strom?"
„Da ist mal vor ein paar Wochen der Strom ausgefallen mitten im Spiel. Es musste ein Elektriker geholt werden, der in der Nähe auf dem Bierfest gearbeitet hat. Den kannte jemand zufällig. Der zuständige Mitarbeiter des Stadions war nicht zu erreichen. Seitdem singen wir das. Und Geld: Na ja, pleite sind wir ja immer. Das gehört zur Kickerskultur dazu", lacht er.

Wir machen uns auf den Weg. Eigentlich nimmt Papa immer den Bus, weil das auch dazu gehört. „Darin fangen wir schon an zu singen und zu fachsimpeln", hat er erzählt. Aber wegen mir fahren wir heute mit dem Auto. Kann er leider keinen sauer gespritzten Äppelwoi heute. „Aber das muss ja auch nicht immer sein", versichert er mir.

Also schieben wir uns mit unserem Ford eine halbe Stunde über die Bieberer Straße. Wir kommen nur langsam vorwärts. Anscheinend werden mehrere Krebskranke im Stadion sein. Sonst würden die ja auch mit dem Bus fahren und hier nicht die Straße blockieren.

Wir finden einen Parkplatz in einem Waldstück und müssen noch ein Stück laufen. Dankenswerterweise im Schatten.

Mit unseren frischen Dauerkarten brauchen wir uns nicht an die lange Schlange der Kartenverkaufshütte anzustellen. Es gibt zwar auch einen Pulk vor dem Einlass, aber der bewegt sich relativ schnell nach vorne. Trotzdem meckern die Leute.

„Wann kriegen die das hier endlich hin? Bei so einem Spiel muss man doch mehrere Tore öffnen."

Die Stimmung ist angespannt. So habe ich mir Fußballfans vorgestellt: Irgendwie immer Aggro. Aber mein Vater ist bester Laune.

„Hey Georg, alter Verwalter, heute nicht in Block Drei?"

Irgendein Bekannter hat ihn entdeckt.

„Ich habe heute meinen Sohnemann dabei, ist sein ers-

tes Mal“, schreit er zurück. Er klopft mir auf die Schulter und dreht mich in die Richtung seines Kollegen. Ich bin froh, dass Papa nicht gerufen hat, dass ich Krebs habe und er deshalb ausnahmsweise sitzen muss, statt auf seinen Stammplatz auf der Stehtribüne zu können. „Was, sein erstes Mal? Dann hoffe ich, die Jungs lochen heute ein, ha ha ha.“
Sehr witzig.
Nach dem Abtasten sind wir drin. Papa schlägt vor, dass wir uns erstmal unsere Plätze suchen. Danach würde er uns eine Stadionwurst und etwas zum Trinken besorgen. Wir steigen die Treppe zur Tribüne hoch. Ich komme dabei etwas aus der Puste und muss an die Situation am Bahnhof denken.
Damit hätte ich nicht gerechnet: Das neue Stadion ist wirklich beeindruckend. Ich habe es noch nie von innen gesehen. Papa bemerkt meinen erstaunten Blick und strahlt über das ganze Gesicht.
„Hat was, oder?“
„Ja, hat was“, gebe ich ihm Recht.
Unsere Plätze sind etwas rechts hinter dem Tor und direkt am Gang. Man kann schräg auf den Platz gucken und hat damit alles im Blick. Nachdem mein Vater mich hier „You never walk alone“ singend, abgeliefert hat, läuft er gleich wieder runter. Er winkt mehreren Leuten zu, einige klatscht er ab.
Ich sehe mich um. Die Plätze sind noch nicht alle belegt, aber das Stadion füllt sich langsam. Wie Papa erzählt hat, ist das Publikum wirklich sehr unterschiedlich. Ich sehe eine Familie mit ihren zwei Kindern, vielleicht sechs und acht Jahre alt. Eine Oma, bestimmt schon

über achtzig. Sieht süß aus mit ihrer Kickers-Mütze. Dann so Fans, wie ich sie mir immer vorgestellt habe: Tätowiert, Hose hängt so tief, dass man die Arschritze sieht, schon angetrunken. Und dann ein vornehm wirkender Mann mit Poloshirt. Der sieht eher aus, als hätte er sich verlaufen und wollte eigentlich zum Golf.

Auf der Stehtribüne steigt der Geräuschpegel. Erst hört es sich an wie ein Rauschen, dann wird es immer lauter. Je voller das Stadion wird, desto besser wird die Stimmung. Die Spieler der Kickers werden auf einer Tafel angezeigt. Der Stadionsprecher schreit den Vornamen, das Publikum den Nachnahmen. Irgendwie blöd, dass ich die nicht kenne.

Ehrlich gesagt muss ich gerade an Harry Potter denken und an die Quidditch Turniere. Nur fliegt hier niemand auf Besen herum und den Schnatz habe ich auch noch nicht entdeckt. Dafür laufen jetzt die Teams ein. Gegen wen spielen wir eigentlich? Bisher hat es mich nicht interessiert. Ich sehe auf die Spieltafel. Saarbrücken, ah ha. Das Spiel wird angepfiffen. Jetzt geben die Fans alles. Es wird gesungen, Fahnen werden geschwenkt, die Leute stehen auf und klatschen. Sehr heroisch. Ich bin gefangen.

Ich merke gar nicht, wie Papa plötzlich wieder zu mir gekommen ist. Er drückt mir eine Wurst in die Hand und stellt mir einen Becher Apfelschorle hin. Für sich hat er dasselbe geholt, nur eine Cola statt der Schorle. Ich spüre auch heute diese latente Übelkeit tief im Magen. Nie weiß ich, ob sie nur pro forma da ist oder aus ihr mehr werden soll. Heute ist es mir egal. Ich will jetzt jetzt dazu gehören und wie die anderen um mich herum diese Wurst essen. Also haue ich rein und schmecke sogar ein bisschen Wurst heraus. Gar nicht schlecht.

Mein Vater fängt an, mir die Lebensgeschichten aller Kickersspieler auf dem Platz zu erzählen. Und dann die der Spieler auf der Ersatzbank. Und dann kennt er sogar noch einige Saarbrücker. Ich wusste, dass Papa gerne ins Stadion geht. Ich habe aber nicht damit gerechnet, dass er ein wandelndes Fußballlexikon ist. Ich versuche, mir einige Geschichten zu merken. Vielleicht können wir dann auch später noch darüber reden.

Das Stadion wird laut. Das Stadion springt auf. Das Stadion schreit und schlägt sich die Hände vors Gesicht. Saarbrücken hat ein Tor geschossen. Kopfschüttelnd setzen sich die Fans wieder. Auf der Stehtribüne genehmigen sie sich einen Schluck Bier, verschränken die Arme vor der Brust oder fuchteln mit den Armen und schreien herum. Entweder schimpfen sie auf den Schiri oder die eigenen Spieler.

„Das hätte er doch wissen müssen, dass der in die rechte Ecke zielt. Macht der doch immer. Der war viel zu weit aus dem Tor raus. Flachpfeife. Auswechseln tät ich sage. Mann Mann Mann."

Papa kann auch im Sitzen prächtig schimpfen. Ich habe ihn noch nie so erlebt. Er hat die Arme erhoben und gestikuliert wild.

„Das muss er doch halten, ist der blind oder was? Das ist höchstens Kreisklasse, was der da pfeift."

Er sieht mich immer wieder an, als ob er nach Bestätigung sucht. Ich brauche einige Minuten, um den Schock zu überwinden. Dann komme ich wieder zu mir und fange wild an zu nicken.

Irgendwann ist Papa wieder runtergekommen. Auch das Spiel wird ruhiger, Tormöglichkeiten gibt es keine mehr. Dem Stadion wird etwas langweilig. Die spannendste Szene ist die, als ein Ball ins Aus rollt. Ein Ballmädchen bemerkt es nicht, weil sie gerade mit einem anderen Ball Kunststücke vollführt. Gerade balanciert sie den Ball auf ihrem Fuß. Nicht schlecht. Der auf den Ball wartende Saarbrücker Spieler findet es aber gar nicht witzig. Von hier oben hört man es nicht, aber nach seiner Körperhaltung zu urteilen schreit er sie an. Sie erschrickt. Der Ball kullert von ihrem Fuß direkt auf den Spieler zu. Die Saarbrücker Fans lachen.
„Lass unser Ballmädsche in Ruhe, du Wicht", die Offenbacher Fans kümmern sich um sie. Sie läuft los, um sich einen neuen Ball zu holen. In meine Richtung. Na klar, wer soll es sonst sein. Ich werde sie heute wohl nicht mehr los. Es ist Bahar.

Ich muss immer wieder zu ihr sehen, auch wenn ich lieber mal eine Pause von ihr hätte. Sie wirkt parallelisiert, steht starr am Spielfeldrand und hält einen neuen Ball fest umklammert. Doch nach einer Weile entspannt sich ihre Körperhaltung. Wahrscheinlich hat sie gemerkt, dass dem Stadion das Spiel doch wichtiger ist und sie nicht mehr beobachtet wird. Der Ball in ihrem Arm fängt wieder an, sich zu bewegen. Erst von der einen Hand in die andere. Ganz langsam. Dann schneller und höher. Irgendwann landet der Ball nicht mehr in ihrer Hand, sondern auf ihrer Schulter. Sie schiebt sie hoch, der Ball landet auf ihrem Kopf. Dann auf ihrer Stirn, damit kickt sie ihn auf die Fußspitze. Fußspitze, Knie,

Kopf, Schulter, andere Schulter. Ich sehe auf die Stadionuhr und halte die Zeiten fest, die sie den Ball in der Luft halten kann. Erst sind es drei Minuten. Beim zweiten Versuch, vier Minuten, zwanzig Sekunden. Beim dritten... Papa schlägt mir den Becher aus der Hand. Die Hälfte der Apfelschorle fliegt mir auf die Hose. Was zum Teufel...

Die Kickers haben ein Tor geschossen. Papa ist aufgesprungen, reißt seine Arme in die Höhe, hüpft wild herum. Er reißt mich zu sich hoch, schlingt seinen Arm um meinen Hals. Schiebt mich hin und her und brüllt: „Schaaaala-la-laaaaaaa. Schaalalalalalala-laaaaaa!"

Öh. Ja. Ok. Mache ich halt mit. Aber vielleicht etwas leiser.

„La, la, la."

„Hast Du das gesehen, Junge?"

„Ja, Wahnsinn!"

Ich habe gar nichts gesehen. Zumindest nichts vom Tor.

„Geht es dir gut, Ben?"

Mir geht es gut und ich sage es ihm.

Kurze Zeit später wird zur Halbzeit gepfiffen. Ich habe versucht, die letzten Minuten auch wieder dem Spiel zu folgen. Ab und an aber auch Bahar zugeschaut. Jetzt läuft sie zu den anderen Balljungen und -mädchen. Sie stehen in Höhe der Eckfahne vor meiner Tribüne. Beim Gehen schaut sie kurz hoch. Und sieht in meine Richtung. Hat sie mich erkannt? Um mich herum sitzen hunderte Leute. Sie sieht weiter in meine Richtung. Sie kommt näher, ich kann jetzt genauer ihr Gesicht erkennen. Ja, sie sieht mich direkt an. Soll ich ihr zuwinken?

„BEN! Was machst du denn hier? Steht dir gut die Kickers-Cap.“

Clara. Wo kommt sie plötzlich her?

„Darf ich dich drücken?“

Sie macht es einfach. Dabei drückt sie ihre Wange gegen meine. Dann hockt sie sich mit ihren langen Beinen neben mich auf die Stufen. Sie hat dieselbe Cap wie ich auf. Darunter trägt sie ihre blonden Haare offen. Sieht heiß aus, wie immer.

„Setz dich ruhig hierher. Ich wollte eh noch neue Getränke holen. Ich bin übrigens Bens Dad.“

„Weiß ich doch, Herr Jakobi. Haben Sie nicht beim letzten Schulfest die Waffeln gemacht?“

„Ja genau!“

Er freut sich, dass er erkannt wird. Bevor er runter geht, um mir eine neue Apfelschorle zu besorgen, bietet er Clara seinen Platz an. Und zwinkert mir zu. Sie hat es gesehen, da bin ich mir sicher.

„Ich dachte, du magst keinen Fußball.“

„Ich fange gerade an, es zu mögen“, gebe ich zu.

„Wusstest du, dass ich auch spiele?“

Wusste ich natürlich, sie ist das sportlichste Mädchen der Klasse.

„Klar“

„Sag mal, wie geht es dir denn so? Ist es erlaubt, so in der Sonne zu sitzen? Du musst doch total müde sein und muss man bei Krebs nicht immer k… ich meine sich übergeben?“

Nein. Ich will nicht darüber reden. Ich muss das Gespräch in eine andere Richtung lenken.

„Wenn du Fußball spielst, kennst du eine Bahar?“

Ich deute in Richtung Eckfahne. Aber sie ist nicht mehr
da.

„Bahar, die Türkin? Kenn ich, ist total daneben die Frau.
Voll asozial, warum?"

„Ach nichts weiter."

Ich blicke mich weiter im Stadion um. Sehe über das
ganze Spielfeld, kann sie aber nicht entdecken. Vielleicht ist sie auf dem Klo.

„Hör mal Ben", unterbricht Clara meine Suche mit einem fürsorglichen Ton: „Wenn du morgen Abend ins
Kino willst, für dich würde ich ein Date einrichten."

Sie drückt mir einen Kuss auf die Stirn und macht Papa
den Platz wieder frei. Der steht mit Apfelschorle, Cola
und einem breiten Grinsen vor uns. Ich weiß nicht
recht, wie mir gerade geschieht. Und was ich jetzt sagen
oder machen soll weiß ich auch nicht. Ich konzentriere
mich einfach darauf, nicht mit offenem Mund dazu-
stehen. Aber eine Zusage braucht Clara auch gar nicht.

„Dann bis morgen, vier Uhr vor dem Cinemaxx, bye."

Papa kommt aus dem Grinsen nicht mehr heraus.

„Donnerwetter, nicht schlecht mein Sohn."

Er holt umständlich einen Fünfzig-Euro-Schein aus
dem Portemonnaie und steckt ihn mir in meine Hosentasche.

„Für morgen. Lass es mal so richtig krachen."

Jetzt wird aus der unterschwelligen Übelkeit doch eine
Unbestreitbare. Ich befördere die „beste Stadionwurst
der Welt" auf Papas Sportschuhe. Jetzt sind wir quitt.

Bahar

Passt mir gar nicht, dass ich heute Ballmädchendienst habe. Ich wollte eigentlich für das Sichtungsspiel trainieren. Das kann ich auch ohne den Coach und die anderen. Statt Hütchen nehme ich eben Wasserflaschen und auf dem Bolzplatz ein paar Straßen weiter kann ich Elfmeterschießen üben. Ich war sogar heute Morgen joggen. Ich. Joggen. Irgendwo muss die Ausdauer ja herkommen und die Parkourleute trainieren heute nicht. Also bin ich, wie all die anderen seltsamen Menschen, an den Fluss und stupide drei Kilometer hoch und drei wieder runter gelaufen. Zwischendurch habe ich Sprints eingelegt. Als Stürmerin brauche ich nicht nur Kondition, sondern hauptsächlich Schnelligkeit. Eigentlich wollte ich danach die Ballbeherrschung trainieren, aber Mama erinnerte mich daran, dass ich zu den Kickers muss.

Unser Team teilt sich in zwei Gruppen auf. Bei einem Heimspiel ist die eine Hälfte des Teams dran, beim nächsten die andere. So hat jede von uns einmal im Monate einen Einsatz. Immer zusammen mit der B-Jugend der Jungen. Normalerweise finde ich das immer ganz lustig, zumal ich im anderen Einsatzteam als Clara bin. Wir verstehen uns alle super und machen in den Halbzeitpausen immer so ein kleines Sit-in an der Eckfahne. Daraus haben sich schon zwei Pärchen ergeben. Aber heute hält mich das Ganze nur auf.

Ich stehe also eher lustlos an der Seitenlinie, halte den Ball und träume herum. Wie es wäre, wenn mir so viele Menschen zujubeln würden. Wenn sie mich anfeuerten: „Lauf Bahar, lauuuf!“ Ich wäre in der ganzen Stadt bekannt und sie würden mir anerkennend zunicken. Oder

sogar ein Autogramm und ein Selfie von mir wollen. Ok, Frauenfußball ist natürlich noch nicht so der Hit. Kaum jemand interessiert sich dafür. Wir haben unsere Spiele auch nie im Stadion, sondern auf einem Trainingsplatz in der Nähe. Aber die Spiele der Frauennationalmannschaft zeigen sie jetzt immerhin im Fernsehen, sogar in den ersten Programmen und live. Sogar der Kicker schreibt neuerdings über sie. Also muss ich in die Nationalmannschaft, unbedingt. Ich muss das schaffen, nichts darf dem noch im Weg stehen.
Warum lasse ich mich eigentlich durch das hier abhalten? Ich habe Sportklamotten an, Fußballschuhe und einen Ball. Also fange ich mit den Übungen an. Zehn Kopfballkicks, zehn Mal von der linken auf die rechte Schulter und zurück, zehn Mal vom einen Knie aufs andere, zehn Mal von einem Fuß auf den anderen. Dann zurück auf die Stirn. Neun Kopfballkicks, neun Mal von der linken auf die rechte Schulter, neun Mal vom einen Knie aufs andere, neun Mal von einem Fuß auf den...
„Verdammt! Hey du! Türkin! Jetzt lass endlich den Ball rüber kommen. Haaalloooo hörst Du mich? Bist du taub oder sprichst du kein Deutsch. Hey!“
Ach du Scheiße, der meint mich.
Er steht drei Meter vor mir und schreit mich an. Vor Schreck rollt mir der Ball vom Fuß. Der Spieler ist rot im Gesicht. Die Adern auf seiner Stirn treten hervor. Er nimmt sich den Ball, die Gästetribüne verfällt in Gelächter. Der lauteste Lacher scheint aber hinter mir unten in Block Zwei zu stehen. Ich drehe mich irritiert um. Es ist Marcel, er deutet mit seinem Zeige- und Mittelfinger erst in seine Augen und dann auf mich. Soll mir

das jetzt Angst machen, oder was? Ich drehe mich um und beachte ihn nicht weiter. Finn von der Mittelfeldlinie schießt mir einen neuen Ball zu. Aber Marcel gibt keine Ruhe.

„Das kommt davon, wenn man der einen Ball überlässt. Wer hat die denn eingesetzt? Ich hätte denen gleich sagen können, dass die nichts taugt!"

Ich möchte mich am liebsten umdrehen und ihm meine Meinung geigen. Aber mein Körper steht noch unter Schock und ich habe das Gefühl, das ganze Stadion starrt mich an. Das sollen sie machen, wenn ich Nationalspielerin bin, aber doch nicht so. Also stehe ich so ruhig wie möglich da und hoffe, dass das Spiel auf dem Platz gleich wieder spannender wird, als ich es bin. Ab jetzt werde ich ein vorbildliches Ballmädchen sein und alles richtig machen. Bloß nicht auffallen. Aber ich muss immer wieder daran denken, was der Spieler da gerade zu mir gesagt hat. Türkin und ich spreche kein Deutsch? Nur weil ich dunkler aussehe als er mit seinem Käsegesicht? So was von ausländerfeindlich. Und da soll man heutzutage ruhig bleiben, wie meine Anne sagt. Und dann dieser Marcel. Führt sich auf, als sei er der dunkle Lord und könnte mir tatsächlich Angst einjagen. Manchmal sind Männer echt die letzten Idioten. Wer hat die eigentlich erzogen? Irgendwelche Höhlenmenschen? Nazis wahrscheinlich. Ich hab jetzt keine Lust mehr, mich von solchen Armleuchtern klein schreien zu lassen. Die können mich alle mal. Mir doch egal, wenn das ganze Stadion mich anglotzt. Marcel denkt garantiert, Clara könnte das hier besser als ich. Kann sie aber ganz und gar nicht. Ich nehme den Ball wieder auf und fahre fort. Acht Kopfballkicks, acht Mal von der linken auf die rechte Schulter und zurück, acht Mal vom einen Knie aufs andere, acht Mal von einem Fuß auf den anderen. Dann zurück auf die Stirn und weiter geht´s. Ich höre Marcels Beleidigungen von hinten. Der Wicht kümmert mich nicht. Der Wicht auf dem Platz auch nicht. Seine Mannschaft hat gerade ein Gegentor reinbekommen. Von uns, ha! Die zeigen denen jetzt endlich, was ne Harke ist.

Nach dem Halbzeitpfiff wartet Finn auch mich. Zusammen gehen wir zur Eckfahne. Ich sehe auf die Tribüne. Ich will sehen, ob Clara da ist. Sie ist fast immer da mit ihren Eltern oder ihren Verehrern. Ich lasse meine Augen hin und her schweifen. Dann bleibe ich an einem großen Jungen hängen. Ist das... Ben? Ja, das ist er. Toll. Noch jemand im Stadion, der mich nicht leiden kann. Vielleicht habe ich mich auch verguckt, der Typ sitzt zu weit weg. Aber je näher ich komme, desto sicherer bin ich mir. Es ist Ben, eindeutig. Hätte nicht gedacht, dass der sich für Fußball interessiert. Ich ertappe mich bei der Vorstellung, zusammen mit ihm zu einem Spiel zu gehen. Jetzt haben wir sogar Blickkontakt. Ich bin mutig und winke ihm kurz zu. Ich hebe die Hand, aber auf Schulterhöhe lasse ich sie schnell wieder runter fahren. Ben sieht mich eh nicht mehr. Er ist abgelenkt. Durch Clara. Ich versuche, nicht mehr hinzusehen, sondern setze mich zu den anderen auf den Rasen. Doch ich kann der Versuchung nicht widerstehen. Immer wieder schaue ich kurz rauf. Und sehe, wie sie ihn küsst. Davon hat er bestimmt schon lange geträumt. Wie alle anderen Jungen auch.

Ich weiß nicht warum, aber jetzt bin ich richtig angenervt. Marcel, mein Missgeschick, Clara, mir reicht´s für heute. Ich springe auf, laufe zu den Umkleiden. Die anderen können mich nicht aufhalten. Ich werde die Pause hier verbringen, das muss ich mir nicht antun. Ich würde jetzt am liebsten nach Hause. Aber das Trainingsverbot wird wohl kaum aufgehoben, wenn ich das hier auch noch versiebe. Ich muss Dampf ablassen, schreibe Sarah eine whats app.
„Warum sind Jungs eigentlich alle so unfassbar blöd?"
Nur Sekunden später schreibt sie zurück.
„Wer ist es diesmal? Wo steckst Du eigentlich gerade?"
Auch Sarah kann nicht immer klug sein. Aber zumindest bringt sie mich jetzt richtig zum Lachen.
In der zweiten Halbzeit mache ich keine Ballübungen mehr. Nur noch einmal sehe ich zu Ben hoch. Er scheint nicht mehr da zu sein. Clara auch nicht.
Sind wohl zusammen weg.

Ben

Ich kann Stadionwurststücke in der Kotze erkennen. Wir brechen sofort auf, Papa stützt mich. Der zweite Schwall geht in seinen halb vollen Cola-Becher, den er mir auf dem Weg aus dem Stadion unter den Mund hält. Ein bisschen was landet auf seiner Hand. Er versichert mir, dass das gar nichts macht und streicht mir dabei über den Kopf. Es ist nicht so, als hätte man sich den Magen mit etwas verdorben. Dann kotzt man einmal alles aus, vielleicht zweimal, dann kommt die große Erleichterung. Aber die kommt bei einer Chemo-Übelkeit nicht. Mir ist einfach immer weiter schlecht.

Wir müssen durch dieses lange Waldstück. Mehrere Bäume werden von mir gedüngt. Ich will am liebsten nicht in das Auto steigen, weil ich nicht weiß, wie ich die Fahrt überleben soll. Und wenn es wieder losgeht, soll ich aus dem Fenster, oder wie? Ich bin so verzweifelt, dass ich losheule. Vor Papa mache ich das nicht gerne, aber ich kann es nicht aufhalten. Ich habe Angst. Angst jetzt sofort hier im Wald zu sterben. Mein Leben hier auszukotzen. Papa fängt auch an zu weinen. Er nimmt mich in den Arm und hält mich, bis ich wieder kotzen muss. Aber auch dabei lässt er mich nicht los.

Papa hat noch eine IKEA-Tüte im Kofferraum. Ich werde von diesem Blau träumen heute Nacht. Als wir Zuhause ankommen, schreit Mama als sie uns sieht. Sie wird kreidebleich und sieht mir in dem Moment wohl sehr ähnlich. Nach einem Moment beruhigt sie sich, nimmt mich in den Arm und küsst mir auf meine Wange. Dann führt sie mich ins Bad. Sie zieht mich aus und stellt mich unter die Dusche. Das Wasser ist kühl, das tut gut. Ich komme mir vor, wie ein ganz kleiner Junge, aber das ist mir gerade egal. Mama steht angezogen halb mit unter der Dusche. Sie muss mich stützen. Danach verfrachtet sie mich auf meinen Wunsch hin auf die Couch. Ich will nicht allein in meinem Zimmer sein. Mama stellt eine Schüssel neben mein Lager. Für den Fall, dass es wieder losgeht. Früher war das meine Lieblingsschüssel für Chips oder Popcorn. Wenn ich jetzt nur daran denke, wird mir wieder schlecht.

Papa hat sich inzwischen auch umgezogen. Ich höre seine Stimme als er sich mit Mama beratschlagt, ob sie mich ins Krankenhaus bringen sollten. Sie entscheiden sich, erstmal dort anzurufen.

„Normal, ach so. Viel trinken, ja. Aber wenn es wieder raus kommt? Trotzdem trinken. OK. Ja. Ja. Das hört sich gut an. Dann sehen wir uns in ein paar Tagen, danke Dr. Merten."

Sie kommen zu mir und erklären, dass die Kotzerei eine normale Nebenwirkung der Chemo ist. Ich soll viel trinken, damit ich nicht dehydriere. Die Ärzte werden mir mit der nächsten Chemo Medikamente spritzen, die die Übelkeit vielleicht etwas abmildern werden.

Gehört das von jetzt an zu meinem Leben? Kommen noch weitere Nebenwirkungen? Werden mir jetzt auch die Haare ausgehen?

Ich muss nicht mehr in meine Popcornschüssel reiern. Auch der Liter Wasser bleibt in mir, irgendwann schlafe ich ein.

Als ich wieder aufwache, geht es mir besser. Ich fühle mich etwas zittrig, aber die Übelkeit ist fast weg. Ich schaue von der Couch durch das offene Fenster in unseren Garten. Etwas Wind erreicht mein Gesicht und meine Arme, die über der Decke liegen. Ich fühle mich fast wohl in diesem Moment. Meine Mutter sitzt lesend auf dem Sessel neben mir. Sie sieht immer noch fahl aus. Als sie merkt, dass ich wach bin, lächelt sie. Kommt zu mir rüber, streicht mir übers Haar und küsst mich diesmal auf die Stirn.

Ich muss an das Date mit Clara denken. Ich soll es richtig krachen lassen hat Papa gesagt. Warum? Sagt man so etwas normalerweise zu einem Fünfzehnjährigen? Wahrscheinlich ist es für den Fall, dass ich doch sterbe. Dann hätte ich es wenigstens mal mit einem Mädchen gehabt. Papa hat nur vergessen, mir die Kondome mitzugeben. Aber vielleicht kommt das ja noch.

Es ist komisch. Solange habe ich mir ausgemalt, mit Clara ausgehen zu können. Alle ihre Verehrer auszustechen. Sie würde mir verfallen, das war klar. Sie muss von diesen Stalkern, die ständig hinter ihr her rennen, total genervt sein. In Wahrheit braucht sie jemanden, auf den sie sich verlassen kann. Der ihr Halt gibt. Mit Parkour wurde ich endlich interessant für sie. Also zumindest gab es da interessierte Blicke von ihr. Aber sie spricht erst mit mir, seit ich Krebs habe. Mit mir redet sie anders als mit ihren Verehrern. Ist das ein gutes oder ein schlechtes Zeichen? Eigentlich hätte ich es genießen müssen, von ihr auf die Stirn geküsst zu werden. Aber irgendetwas stimmte an diesem Moment nicht. Ich kann nicht genau beschreiben, was es war. Es heißt ja, ein Mann suche sich immer eine Frau, die seiner Mutter ähnelt. Aber ich will es doch sein, der Clara in den Arm nimmt und ihr beschützend auf die Stirn küsst.

Ich werde ihr morgen Abend zeigen müssen, dass ich nicht nur der Krebskranke bin. Dass ich ein Mann bin, der stark für sie sein kann und der für sie da ist. Wenn ich das schaffe, wird sich alles wieder richten. Dann wird diese Spannung zwischen uns, wie vor dem Krebs, wieder da sein.

Morgen habe ich also einiges vor mir. Mama muss mich gehen lassen. Ich darf weder umkippen noch kotzen. Und ich muss gut aussehen und gut riechen. Genau.

Von der Couch aus kann ich nur wenig davon erreichen. Aber ich fange mit Mama an.

„Hat Papa dir von meinem Date morgen erzählt?"

„Ja, das freut mich sehr für dich. Diese Clara ist wirklich hübsch. Sie wird bestimmt verstehen, wenn ihr eure Verabredung verschiebt."

„Mir geht es schon viel besser."

„Du siehst total müde aus, Ben."

„Ich habe doch noch die ganze Nacht zum Schlafen und morgen den halben Tag. Mama, sie wird mich sonst bestimmt nie wieder fragen."

Ich will ihr nicht zu viel erzählen. Es ist peinlich mit seiner Mutter über Mädchen zu sprechen. Wenn ich reden wollte, habe ich das bisher immer mit Timo gemacht. Sie seufzt und verspricht mir, mich gehen zu lassen, wenn ich mich morgen ausgeruht fühle. Sie werde mich fahren und uns auch wieder abholen.

„Hauptsache, Du gehst so nicht zum Parkour."

Oh je, da sagt sie was. Ich sollte doch morgen Tayfun über meine Parkour-Strecke berichten. Ich muss beides schaffen. Drei Uhr zu ihm, dann irgendwie möglichst schnell zum Kino. Kein Problem. Über Klamotten und alles weitere werde ich mir morgen Gedanken machen. Ich merke, wie ich langsam wieder eindöse.

Die frische Luft auf dem Gesicht.

Bahar

Wir sind heute Abend bei meinen Tanten und Onkeln zum Essen eingeladen. Ich habe versucht, mich da raus zu reden. Ist echt nicht mein Tag heute. Aber Anne und

Baba haben darauf bestanden, also dackele ich mit.

Es sind die Familien der zwei Brüder von Anne. Mit zwei und drei Kindern sind wir sieben Cousins und Cousinen. Mit ihnen ist es meistens ziemlich lustig, wenn man erst mal die „Mensch, du bist ja schon eine richtige junge Frau" - Arie überstanden hat. Auch heute ist es wieder so.

Das Essen ist phantastisch. Meine Tante und mein Onkel kochen immer zusammen und sie sind wahre Küchenmeister geworden. Jetzt steht halb Europa auf dem Tisch: Deutscher Handkäs, französisches Hähnchen, spanische Paella, türkische Köfte und griechischer Zaziki. Dazu viel Fladenbrot und Sesamsimits. Wahrscheinlich wartet im Kühlschrank noch superleckerer Nachtisch. Jetzt merke ich erst, was für einen Hunger ich habe. Seit heute Morgen habe ich nichts gegessen. Ich bin eine der ersten, die zugreift. Beim Kauen gebe ich mir Mühe, nicht zu schlingen. Nicht, dass Baba mich wieder vor dem Ersticken retten muss, wie damals, als ich zehn war und mich an Gulasch verschluckte.

„Wow, eure Bahar haut ja mächtig rein. Aber das braucht sie auch in der Wachstumsphase", lacht meine Tante.

„Bei ihrem ganzen Sport auf jeden Fall", stimmt Anne zu.

„In die Kickersauswahl kommt man auch nicht so einfach rein. Musst schon was drauf haben" zwinkert mir mein Onkel Mete zu.

„Sie hat in einer Woche sogar ein Sichtungsspiel. Der Trainer der U-17-Nationalmannschaft kommt da vorbei", ergänzt jetzt Baba.

„Nein, ist das wahr. Das ist ja Wahnsinn! Wenn du das schaffst, schmeißen wir ne Party. Kann man da zugucken?"

Kann man, aber ich will auf keinen Fall, dass jemand kommt. Nicht, dass da jemand Fahnen schwenkt mit meinen Namen. Voll peinlich wäre das, wenn das die eigenen Verwandten machen würden. Ich glaube auch, dass würde mich endnervös machen. Was, wenn ich es nicht schaffe. Oder, noch schlimmer, der Coach mich wirklich nicht aufstellt. Ich wäre die große Enttäuschung der Familie.

Unsere Eltern setzten sich zusammen an einen großen Tisch im Garten und wir Cousins und Cousinen lümmeln uns nach dem Essen im Wohnzimmer herum. Wir hocken uns vor und auf die Couch und starten die Spielekonsole. Wir spielen *Far Lies*. Immer zwei, die anderen sehen zu.

Von da, wo wir sitzen, haben wir unsere Eltern im Blick. Sie sehen ständig rüber. Erst einer, dann die anderen und alle fangen an zu nicken. Oder schütteln ihren Kopf.

„Sie sprechen über uns", resultiert Serkan.

„Ach, sach bloß, du bist ja vielleicht ein Blitzmerker", zieht ihn sein Bruder auf.

„Ja, ja, die Kinder sind immer am Spannendsten", grinst Tayfun, während er zwei Gegner abknallt.

„Als wären sie noch richtige Türken", gebe ich meinen Senf dazu.

Mein Onkel Mete kommt rein und setzt sich zu uns auf die Couch. Er spielt auch gerne und wird wahrscheinlich gleich den Joypad an sich reißen.

„Wie meinst du das, was sollen sie denn sonst sein?“,
fragt meine Cousine Melissa.
Ich erkläre es.
„Na ja, sie sind doch alle hier geboren. Zumindest eure
Väter und meine Mutter. Was ist von der türkischen
Kultur da noch übrig geblieben? Anne zum Beispiel, der
geht nicht ihre Familie, sondern ihr Job über alles. Sie
hat lieber deutsche Freunde als türkische. Und richtig
türkisch sprechen hat sie mir auch nicht beigebracht. Sie
trinkt sogar manchmal Alkohol und das als Muslima.
Kommt man da noch in den Himmel?“
Tayfun dreht sich zu mir um, sieht mir tief in die Augen
und schiebt mir ein „lass dass Bahar“, rein.
„Ich finde es toll, dass sie Ärztin ist, will ich auch mal
werden“, teilt uns meine Strebercousine Melek mit.
„Macht doch nichts, dass sie deutsche Freunde hat, hab
ich doch auch“, fällt mir Melissa in den Rücken.
„Findest du es nicht scheiße, dass du sogar einen deutschen Namen bekommen hast?“, frage ich sie.
„Das nervt manchmal, stimmt. Da sagen sie: „Melissa
heißt du? Du bist doch Türkin“.
„Aber wenn du so einen komplizierten Namen wie ich
hast, ist das auch nicht lustig. Ich glaube, ich musste meinen Namen schon bestimmt zwanzigtausend Mal buch-
stabieren“, verdreht Nilüfer die Augen.
„Aber ich finde es schön, dass unsere türkischen Namen alle eine Bedeutung haben“, schiebt sie nach. Als
wenn das wichtig wäre.
„Ich finde, wir sollten uns nicht so anpassen. Ständig
werden wir beleidigt und diskriminiert und wir wehren
uns nicht. Wenn die uns nicht haben wollen, dann haben

sie das eben davon. Dann bin ich eben Türkin."
Mein Onkel Mete atmet einmal tief ein und wendet sich
mir dann ruhig zu.
„Dass ausgerechnet du das sagst, wundert mich aber."
Er hat bislang nicht viel gesagt, nur ruhig dagesessen
und zugehört.
„Was ist an dir eigentlich türkisch oder muslimisch? Du
gehst in keine Moschee, zu Familienfestivitäten muss
man dich überreden, meistens hast du andere Sachen zu
tun. Wenn du besser türkisch sprechen wolltest, könn-
test du Unterricht nehmen. Und, hast du schon? Frauenfußball spielen ist auch nicht gerade traditionell türkisch. Wo soll ich weiter machen? Ich finde es immer
toll, wenn unsere Kinder und wir versuchen, unsere
Kultur ein Stück zu bewahren und sie auch an nachfol-
gende Generationen weiterzugeben. Deshalb treffen
wir uns regelmäßig im türkischen Kulturverein. Aber
warte, da warst du ja noch nie. Im Gegensatz zu deiner
Mutter. Man ist keine Türkin, nur weil man Bahar heißt
und Deutsche aus irgendwelchen albernen Gründen
nicht mag. Wenn türkisch, dann richtig. Dann solltest du
es aber auch beweisen. Im Moment ist niemand von uns
deutscher als du. Das ist meine Meinung. Du solltest
stolz sein auf deine Mutter. Das, was sie geschafft hat,
musst du ihr erstmal nachmachen."
Er steht ruhig auf und läuft gelassen zurück zum Er-
wachsenentisch. Ich merke wie ich rot anlaufe. Die anderen sehen mich betreten an.
„Jetzt gib´ mir auch endlich mal den Joypad, ich wäre
schon längst dran gewesen", keife ich Melek an.
Ich bringe achtunddreißig Soldaten in sechs Minuten

um. Rekord des heutigen Abends.

„Willst du gar keinen Nachttisch mehr?", fragt mich Anne und sieht mich mal wieder verwundert an.

Anscheinend hat ihr Onkel Mete noch nichts von gerade erzählt.

Nein, ich verzichte auf den Nachtisch. Ich will meine Ruhe. Ich muss nachdenken. Damit kommt Onkel Mete nicht durch. Ich Deutsche und keine Türkin?

Niemand, absolut niemand darf mich so beleidigen.

Ben

Als ich wieder aufwache muss ich schon wieder ans Sterben denken. Keine Ahnung warum. Vielleicht weil ich nicht mehr so müde bin und jetzt wieder genug Energie zum Grübeln habe. Die Fragen wirbeln in meinem Kopf hin und her. Wird es wehtun? Wie wird es sein, nicht mehr zu existieren? Oder passiert doch etwas? Die Frage, die mich am meisten quält: Wie wird es meiner Familie gehen? Werden meine Eltern dann noch miteinander reden? Wird Sophie trotzdem ihr Abi schaffen? Ich fühle, wie mein Puls steigt bei allen diesen Fragen. Aber ich schaffe es nicht, mich auf etwas anderes zu konzentrieren.

Jetzt erst fällt mir auf, dass ich im Bett liege und nicht mehr auf der Couch. Irgendwann müssen sie mich hierher verfrachtet haben. Ich kann mich keine Sekunde lang daran erinnern, getragen und umgezogen worden zu sein.

„Na Junge, wie geht es dir? Besser?", Papa hat den Kopf

zur Tür rein gestreckt. Nachdem er die Vorhänge beiseitegeschoben und die Fenster geöffnet hat, setzt er sich zu mir auf die Bettkante. Vorher deckt er mich tatsächlich bis zum Kinn zu.

„Schon besser“, versichere ich ihm.

„Du sag mal, soll ich diese Clara für dich anrufen und eure Verabredung verschieben?“

Das Date. Über Nacht habe ich es vergessen. Und jetzt habe ich keine Lust mehr darauf. Wenn ich bald sterbe, was macht ein Date noch für einen Sinn? Wenn ich schon daran denke, dass ich mich jetzt aufbrezeln und mich dann den ganzen Abend darauf konzentrieren muss, meine Übelkeit zu unterdrücken, damit sie mich nicht wieder bemitleidet, Nein, wirklich nicht. Aber Papa kann ich die Absage nicht machen lassen. Das wäre noch peinlicher.

„Danke Papa, ich glaube, ich rufe sie selbst an.“

„Ich bringe dir dein Handy.“

Er geht raus, gleichzeitig kommt Sophie rein.

„Na Bruderherz, Kotzorgie beendet?“

Sie setzt sich in die Kuhle, die Papa hinterlassen hat.

„Du weißt schon, dass das normal ist, oder?“

Ihr Google-Medizinstudium, richtig.

„Und wenn nicht?“

„Das ist die Chemo. Kennst du nicht diese ganzen Filme und Bücher, in denen Leute Krebs haben und den ganzen Tag nur kotzen? Das gehört doch dazu, weiß doch jeder.“

„Ja, ich weiß. Aber meine Chemo ist doch angeblich eine milde, weil angeblich mein Krebs noch im Anfangsstadium ist. Bist du sicher, dass die mich nicht alle anlügen?"

„Warum sollten sie dich anlügen?"

„Damit ich mir keine Sorgen mache?"

„Mama und Papa vielleicht, aber dein Arzt darf das doch gar nicht."

Ich sage erstmal nichts, sondern setze mich auf und verschränke die Arme über der Decke.

„Ich hätte heute ein Date gehabt. Mit Clara."

„Au-weia, Brüderchen. Und, gehst du hin?"

„Hab Angst wieder zu kotzen. Was sag ich der jetzt?"

„Sag ihr, dass du keine Zeit hast. Das wird sie voll anmachen und dann ist sie noch mehr hinter dir her. Ich habe in der Schule gehört, diese Clara sei eine Jägerin und Sammlerin."

„Was soll das denn heißen? Dass sie direkt aus einer Höhle kommt?"

„So ähnlich, dass wirst du schon noch verstehen."

„Wenn ich dich nicht hätte", lache ich.

„Dann hättest du eine andere", lacht sie zurück.

Ich finde die Idee, mich gegenüber Clara rar zu machen, ziemlich gut. Vielleicht muss ich mir um Sophie doch keine Sorgen machen. Sie wird zurechtkommen, auch wenn ich sterbe.

„Sag mal Schwesterchen, was hältst du eigentlich von Türken?"

„Wie kommst Du denn jetzt darauf?"

„Ach, nur so."

„Ne, sag mal", jetzt lässt sie natürlich nicht locker.

„Na ja, Tayfun, mein Trainer beim Parkour ist doch Türke."

Sie sieht mich an und zieht eine Augenbraue nach oben.

Ein typisches Anzeichen dafür, dass sie mir das nicht abnimmt.

„Na, was soll ich schon von ihnen halten? Einige finde ich nett, andere total daneben.“

„Hast du türkische Freunde?“

Sie überlegt.

„Nein, höchstens Bekannte. Aber, warte, Hanane hat marokkanische Wurzeln.“

„Was hat das mit Türken zu tun?“

„Na ja, sie ist auch Muslimin.“

„Geht es um diese Bahar?“, Mama kommt mit einem Tablett herein. Es riecht nach Hühnersuppe.

„Bahar aus dem Krankenhaus?“, fragt Sophie.

Jetzt wird sie mir doch etwas zu neugierig.

„Hühnersuppe zum Frühstück?“, frage ich meine Mutter während ich meine geschätzte Schwester einfach ignoriere.

„Schatz, es ist schon eins durch.“

Ich frage sie, ob ich trotzdem lieber einfach ein weißes Brötchen bekommen kann stattdessen. Sie dreht um und holt es mir. Plus Organgensaft und Rührei und Banane und Nutella. Ich begnüge mich erstmal nur mit dem Brötchen. Ein paar Mal tippe ich es in die Hühnersuppe.

Papa bringt mir mein Handy und setzt sich neben Sophie aufs Bett. Sie sagen nichts, sondern sehen mich erwartungsvoll an.

„Ich werde sie nicht anrufen, während ihr hier sitzt.“

„Natürlich“, versteht mein Vater, steht wieder auf, nimmt Sophie am Arm, verlässt mit ihr das Zimmer und schließt die Tür.

Ich suche Claras Kontaktinfos heraus. Die stehen schon länger hier drin. Länger als Clara mich offiziell kennt. Wenn ich sie jetzt anrufe, wird sie wissen, wer ich bin. Auch wenn ich heute nicht mit ihr ausgehen will, etwas aufgeregt bin ich trotzdem. Ich wähle die Nummer und warte. Es geht nur die Mobilbox dran.

„Hi Clara, du ich habe heute doch keine Zeit. Ruf dich irgendwann an. Bye.", sage ich ohne zu stottern und lege auf.

Das war filmreif und sowas von abgeklärt. Ich klopfe mir anerkennend selbst auf die Schulter.

Der Triumph hält nicht lange an. Schnell gerate ich wieder ins Grübeln. Diesmal nicht über das Sterben direkt, sondern welche Nebenwirkungen mich wohl noch erwarten werden. Ich hätte die anderen im Zimmer lassen sollen. Statt mit ihnen zu reden, muss ich mir jetzt in die Haare greifen. Ich atme einmal tief ein, schließe die Augen. Dann ziehe ich. Erst sanft, dann fester. Ich nehme die Hand wieder runter, halte sie vor mein Gesicht. Atme wieder aus, öffne die Augen, öffne die Hand. Haare. Viele oder wenige? Ich bin mir nicht sicher.

Nachdem ich meine Atmung wieder im Griff habe, schaffe ich es, auch noch die Banane zu essen, ohne dass mir schlecht wird. Ich muss mich stärken, stelle mir die Banane als kämpfenden Ritter gegen den Krebs vor. So habe ich als Vierjähriger mit meinen Playmobilfiguren gespielt. Gut, dass mich keiner beobachtet.

„Hier Krebs, nimm´ das und nimm das. Gegen das Magnesium hast du keine Chance. Du hast die Ehre des Königs verletzt, jetzt bist du dran!"

Ein kurzes „Ringedidingdong“ beendet meine Geräuschimitation eines durch einen Schwertstoß verendenden Krebses. Es ist eine Mitteilung von Clara, jetzt bin ich gespannt.

„Oh, ja schade. Aber ich hatte auch gar keine Zeit, wollte dir auch gerade schreiben. Ruf mich an.“

Die Wörter Genie und Sophie reimen sich, oder? Ich setze mich langsam auf, schlage die Bettdecke zur Seite und stehe auf. Ich muss mich wieder setzen. Das war klar, mein Kreislauf ist nach zwanzig Stunden Liegen nicht so wirklich auf Trab. Also mache ich es das nächste Mal langsamer und halte mich an der Bettkante fest. Dann drehe ich einige Runden durch mein Zimmer. Als meine Knie nicht mehr so wackelig sind, gehe ich zu Sophie rüber und klopfe.

„Komm rein“, ruft sie.

Sie sitzt zusammengesunken an ihrem Schreibtisch, Hände in die Haare gerauft, irrer Blick.

„Oh Gott, was ist mit Dir los?“

„Mathe. Abi. Ich kann nicht.“

„Verstehe. Ich kann dir da nur einen Rat geben: Frag nicht Papa um Hilfe.“

Sophie lacht. Auch sie ist schon in den Genuss von seinen berüchtigten Nachhilfestunden gekommen.

„Ich glaub, ich muss mal an die frische Luft. Kommst Du mit?“

„Hört sich gut an.“

Also ziehe ich mir was an und melde mich brav bei Mama und Papa ab. Sie sind einverstanden, weil Sophie dabei ist und lassen uns ziehen. Meine Schwester hakt sich bei mir unter, dadurch gibt sie mir und meinem verkümmerten Kreislauf Halt.

Unterwegs bittet sie mich, ihr etwas zu erzählen, damit sie auf andere Gedanken kommt. Also fange ich mit Parkour an. Die ganze Geschichte. Von David Bell und den Ursprüngen, vom Videodreh und dem Team, von Tayfun und seiner speziellen Aufgabe an mich.

„Und hast du dir schon eine Strecke überlegt?", fragt sie mich.

„Ehrlich gesagt bin ich noch nicht sehr weit."

„Also wenn ich halbwegs so sportlich wäre wie du, ich würde an den Hafen gehen."

„Keine schlechte Idee."

„Meinst du, du würdest es jetzt bis zum Hafen schaffen?"

Ich nicke. Also verlassen wir das Westend und gehen Richtung Fluss. Als wir an der Berliner an der Ampel stehen, kommt eine Traube Menschen gerade aus der S-Bahn. Was ist denn hier los? Wahrscheinlich wollen sie alle ins Kino. Der neue Elyas M´Barek Film ist gerade raus. Mir wird heiß. Nicht wegen ihm. Wegen Clara. Nicht, dass sie doch noch allein oder mit einer Freundin ins Kino gegangen ist und hier irgendwo steht. Blöderweise hat Sophie jetzt jemanden getroffen und fängt an zu schwatzen. Ich zerre sie, immer noch bei ihr eingehakt, weg zur Ampel.

„Ist gerade grün", erkläre ich als sie mich verständnislos ansieht.

Als ich mich schnell umdrehe, rempelt uns jemand an und unsere Geschwisterarme werden voneinander getrennt. Immer wenn ich mich erschrecke, kann ich nichts sagen. Sophie hat dieses Problem offensichtlich nicht geerbt.

„Mensch, pass doch auf!"

Es ist ein Mädchen, das sich zu ihr umdreht.

„Entschuldige", flüstert sie. Sie hat ein hübsches Gesicht. Ein Gesicht, das ich kenne.

Es ist Bahar. Sie trägt ein Kopftuch.

Bahar

„Du wirst es nicht lange tragen", teilt mir Onkel Mete trocken mit, als ich mit dem Kopftuch aus Melissas Zimmer komme. Da kennt er mich aber schlecht. Er braucht Symbole? Kein Problem, dazu ist ein Kopftuch bestens geeignet. Keine große Sache. War auch bei Sarah so. Klar, sie hat etwas länger als ich über die Sache nachgedacht. Aber als sie es vor einem Jahr dann immer trug, wunderte sich auch niemand groß darüber. Was meine Freundin kann, das kann ich ja wohl auch. Solidarisiere ich mich eben mit ihr. Besonders wenn ich damit Onkel Mete zeigen kann, dass er sich in mir täuscht. Aber sowas von.

Schon in der S-Bahn zeigt sich, dass ich mir das alles zu leicht vorgestellt habe. Einige Leute starren mich an. Ganz eindeutig. Seltsam, schließlich bin ich nicht die einzige mit Kopftuch hier.
Eine Frau in Kostüm, Aktentasche und Kaffee ToGo mustert mich von Kopf bis Fuß. Als ich sie direkt ansehe, huscht ihr Blick aus dem Fenster. Ich blicke selbst hinein. Im S-Bahn Tunnel ist es dunkel, das Fenster wird zum Spiegel. Ich kontrolliere, ob mein Tuch richtig sitzt. Vielleicht ist es einfach nur verrutscht? Doch auch ein Mann um die Siebzig schielt mir ununterbrochen auf den Kopf. Ein Mädchen in meinem Alter sieht mir entscheidende drei Sekunden länger in die Augen, als ich es gewohnt bin. Sie alle schauen auch immer wieder zu Baba, Anne und Tayfun hinüber. Einige Frauen mit kleinen Rucksäcken, Turnschuhen und Strohhüten stecken

die Köpfe zusammen und tuscheln.

„Zwingen sie sie?", höre ich eine von ihnen heraus.

„Aber dann würde die andere Frau doch auch eins tragen", meint die Brünette und macht sich nicht mal mehr die Mühe, zu flüstern.

„Vielleicht ist sie nicht die Mutter."

„Ich frag sie einfach."

„Ne lass mal. Nicht, dass wir hier noch Ärger bekommen."

„Aber vielleicht braucht sie Hilfe."

Meine Mutter blickt peinlich berührt zu Boden. Ihre Wangen haben ein leichtes Rot angenommen. Dann schaut auch sie mich an und schüttelt seufzend den Kopf.

„Nimm das Kopftuch ab, das meinst du doch nicht ernst", raunt Tayfun mir zu.

„Doch, meine ich. Schämt ihr euch für mich?"

Baba schaut mich einfach nur stumm an. Die ganze Zeit.

An der S-Bahn-Station Ledermuseum steigen wir aus, Baba hat sein Auto in der Nähe seines Saloons geparkt. Ich steige die Treppen hoch, die Rolltreppen gehen mal wieder nicht. Ich beeile mich, denn ich will so schnell wie möglich nach Hause. Gar nicht so einfach bei diesen Menschenmassen.

Und plötzlich steht er da. Wie aus dem Nichts. Ben. Arm in Arm mit einer Frau. Hübsch und älter als ich. Auch älter als er.

„Ben, du bist ja doch noch gekommen."

Jetzt fliegt auch noch Clara mit ihren wehenden Haaren

von der Seite heran. Marcel im Schlepptau. Ben sieht irritiert aus. Klar, sie hat ihn mit einer anderen erwischt. Aber sie scheint gar nicht sauer auf ihn zu sein. Was passiert hier gerade?

Clara umarmt Ben überschwänglich. Bemerkt sie diese andere Frau gar nicht? Der einzige, der das auch seltsam findet, ist Marcel. Er steht deutlich angepisst hinter ihr. Ben schaut von mir zu Clara, zu Marcel, zu dieser anderen. Allerhöchste Zeit, zu rennen.

„Das ist doch diese Kameltreiberin", Marcel hat mich erkannt. Na, Bravo.

„Was ist denn mit dir los? Wurdest du verheiratet? Weiß dein Mann, was für eine Bitch du bist?"

Ben schaut noch irritierter als vorher. Er sieht gar nicht gut aus.

Mir reicht´s, ich dränge mich durch alle durch und laufe zu meiner Familie, die an der Ecke auf mich wartet.

„Viel Spaß beim Bomben bauen", schreit Marcel mir hinterher.

„Halt die Klappe, Schweinefleischfresser", rufe ich zurück. Ich kann nicht anders.

Zuhause in meinem Zimmer angekommen, lasse ich meinen Tränen freien Lauf. Am liebsten würde ich das Kopftuch nehmen und es in die Ecke feuern. Ich schreibe Sarah.

„Ich trage jetzt ein Kopftuch"

„Du? Warum?"

„Ich bin Muslimin und das will ich jetzt zeigen."

„Ach so. Wow, hätte ich nicht gedacht".

„Warum soll ich denn keins tragen?"

„Vergiss es einfach."

„Ich wollte dich nur noch etwas fragen.“
„Ja?“
„Wie hältst du das nur aus, Sarah?“

Ben

Sophie scheint zu merken, dass es mir nicht gut geht.
Schnell verabschiedet sie sich von ihrem Bekannten und
zieht mich am Arm fort. Clara ruft sie nur ein: „Ben hat
noch einen Arzttermin“, zu und weg sind wir. Ich bin
ihr dankbar. Aus der Situation wäre ich nicht so schnell
allein herausgekommen. Ich brauche auch erstmal ein
paar Minuten, um zu realisieren, was gerade alles passiert ist. Dankenswerterweise kann Sophie auch einfach
mal ruhig sein. Aber nach zehn Minuten fragt sie mich
doch:
„Ich wusste gar nicht, dass du so ein Frauenheld bist“,
sie lacht.
„Hör bloß auf.“
„Ne, sag mal, wer waren die alle?“
„Die eine war Clara. Geht in meine Klasse. Mit der hatte
ich eigentlich heute ein Date.“
„Ach, die Jägerin und Sammlerin. Ist dir ja ganz schön
an den Hals gesprungen.“
Ich muss spontan seufzen. Aber nicht vor Begeisterung.
„Sieht gut aus die Clara. Kein Wunder, dass sie so eine
große Gefolgschaft hat. Aber irgendwie ist sie etwas hy-
per hyper oder? Würde mich irgendwie nerven.“
Ich sage nichts dazu. Früher hätte sie so hyper hyper
sein können wie sie will. Es ist nur wegen dem Krebs,

dass es mich jetzt auch nervt.

„Und das Mädchen mit dem Kopftuch, die schien dich zu kennen."

„Ja, das ist Bahar, die Schwester von Tayfun. Unser Teamleader beim Parkour."

„Warum warst du so überrascht, als du sie gesehen hast?"

Ich schweige.

„Sag doch mal", Sophie lässt nicht locker.

„Die ist auch irgendwie seltsam. Bisher hat sie kein Kopftuch getragen. Sie ist jetzt auch in unserem Team und nervt."

„Also wird keine von beiden mal deine Freundin?"

Sie stößt mir sanft in die Seite und grinst mich an.

„Ich habe im Moment gar keinen Nerv auf Frauen, muss mich auf Parkour konzentrieren", erkläre ich ihr knapp.

„Klar", antwortet sie mir trocken und nicht sehr überzeugt.

„Was ist eigentlich mit dir, warum hast du keinen Freund? Oder hast du?"

„Hör mir bloß mit den Männern auf", stöhnt sie.

Wir machen einen Deal: Heute keine Diskussion mehr über Jungs oder Mädchen. Stattdessen gehen wir weiter schweigend Richtung Hafen. Je näher wir kommen, desto mehr Luft kommt auf. Die wird langsam auch etwas frischer. Ich kann endlich durchatmen.

Am Hafen angekommen setzen wir uns erstmal in einen Biergarten und trinken große Rhabarberschorlen. Von hier aus hat man einen tollen Blick über das gesamte Gelände. Jetzt sehe ich, wie recht meine Schwester hat:

Das hier ist das reinste Parkour-Paradies. Kräne, Treppen, Brücken, Geländer, Baustellen, alte leerstehende Firmengebäude. Dazu eine spektakuläre Sicht auf den Fluss, die Hochhäuser der Nachbarstadt und die ersten Hügel des Taunus weiter rechts. Ich stelle mir vor, meine Augen seien eine Filmkamera. Diese Kulisse vor einem Sonnenuntergang. Meine Umrisse davor, während ich meine perfekten Parkour-Moves hinlege. Die Sache ist klar: Durch den Hafen wird meine Strecke gehen.

Bahar

Zuhause muss ich mir eine Standpauke anhören. Die dritte in dieser Woche. Diesmal nicht nur von Mama, sondern von allen dreien. Hätten wir so etwas wie ein Familienrat, wie in manchen deutschen Serien, ich würde zu lebenslänglich verurteilt. Ich versuche, mich zu verteidigen.
„Ich weiß gar nicht, was ihr für ein Problem habt. Ich bin Muslimin, da kann ich ja wohl auch ein Kopftuch tragen.“
„Du machst das doch nur, um uns und deinen Onkel zu provozieren.“
Klar, dass Anne das denkt. Die sieht in mir doch nur das pubertierende Etwas.
„Nein, ich rede oft mit Sarah darüber und sie hat mich überzeugt. Ich war schon lange kurz davor, eins zu tragen.“
„Wenn du jetzt so gläubig bist, kommst du also von nun an jeden Tag mit zur Moschee?“

„Ja natürlich, du willst mich doch schon immer mitnehmen. Freu dich doch drauf."
Ich glaube, es ist das erste Mal, dass Baba mich nicht
versteht.
„Willst du damit auch Fußball spielen?"
Tayfun der Pragmatiker. Mag ich gerade gar nicht.
„Was soll daran problematisch sein? Ich spiele ja nicht
mit meinen Haaren."
Ich finde, das war ein super Argument. Tatsächlich geben sie auf. Zumindest für heute. Anne murmelt nur
noch ein „Was sollen die Leute denken?", vor sich hin
und macht sich dann am Wasserkocher zu schaffen.
Baba zieht sie an sich. Sie lehnt kurz ihren Kopf an
seine Schulter. Tayfun wirft sich auf die Couch und
macht den Fernseher an. Ich verziehe mich in mein
Zimmer. Ich habe für heute genug von meiner lieben
Familie.
Ich schließe die Tür hinter mir und will mich an Mo
schmiegen. Doch jetzt, wo ich ihn am meisten brauche,
ist er schon besetzt. Der Mops hat es sich in seinem
Schoss gemütlich gemacht.
„George hau ab, Mo gehört zu mir."
Der Hund macht keine Anstalten und ich bin zu träge,
um ihn da jetzt wegzutragen.
Ich sehe in den Spiegel. Sieht schon ungewöhnlich aus
so mit Kopftuch. Eigentlich bin ich total stolz auf mei-
nen kurzen Haarschnitt. Der passt zu mir, ist nicht so
Null acht fünfzehn. Da können sich Clara oder dieser
Marcel solange drüber lustig machen, wie sie wollen. Zu
meiner Frisur steh ich. Habe ich zusammen mit Baba

entwickelt. Wir haben Tage überlegt, wie er sie schneiden soll.

Durch das rosa Kopftuch wirke ich jetzt beinahe brav. Das geht irgendwie gar nicht. Ich beschließe, mich morgen nach anderen Farben umzusehen.

Ich drehe meine Musik auf, schalte meine Diskokugel ein und schnappe mir den Ball. Zu „My Sex is on Fire" von *Kings of Leon* halte ich ihn so lange ich kann an meinem Körper. In meiner Vorstellung besteht der Boden um mich herum aus spitzen Nägeln. Sie werden den Ball sofort zum Explodieren bringen, wenn ich ihn verliere. Nur ich allein kann ihn retten. Trotz des flackernden Lichts kann ich meinen Schützling in der Luft halten. Ich müsste es mal im Dunkeln probieren. Vielleicht habe ich inzwischen schon genug Instinkte entwickelt, das auch blind zu können. Nach einer halben Stunde bin ich platt, genug abgelenkt und bereit, ins Bett zu gehen. Als ich die Jalousien runter lassen will, sehe ich nach draußen. Und dann schreie ich. Laut.

Ben und diese Frau starren mich an. Sie stehen unter einer Straßenlaterne und biegen sich
vor Lachen.

Ben

Ihr entsetztes Gesicht macht mir klar: Sie glaubt, dass
wir sie auslachen. Ich will das klar stellen und deute auf
den Hund. Bahar zeigt uns nur noch den Mittelfinger,
als sie ruckartig die Jalousien herunter lässt.
Ich kann nichts dafür, Sophie auch nicht. Jeder hätte ge-
lacht, einfach jeder. Wir gehen da vorbei und sehen sie.
Also Sophie zuerst.
„Guck mal, ist das nicht die Kleine von vorhin?", fragte
mich meine Schwester.
Ja, das war sie und es war wieder unglaublich, was sie
mit diesem Ball anstellte. Echt abgefahren. Das war
noch mal eine Steigerung zu ihren Kunststücken neulich
im Stadion.
Und dann fing Sophie an zu lachen und zeigte auf den
Hund. Links in der Ecke trieb es ein Mops mit heraus-
hängender Zunge mit einem übergroßen Teddybären.
Der Kopf des Teddys wippte vor und zurück. Vor und
zurück. Und dazu „My Sex is on Fire". Das war einfach
zu viel. Da kann man doch nicht an sich halten.
Im Prinzip habe ich jetzt, was ich wollte. Bahar ist richtig sauer auf mich. Vielleicht kommt sie nicht mehr zum
Parkour. Habe ich endlich mein Team wieder für mich.

Zuhause angekommen bin ich einfach nur wieder richtig müde. Also wünsche ich Sophie und meinen Eltern
eine gute Nacht und verschwinde in mein Zimmer.
Nach vier Stunden wache ich auf und da ist sie wieder:
Die Grübelei. Ich denke über Bahar und ihren Mittel-

finger von vorhin nach. Bahar ist sportlich, selbstbewusst und witzig. Praktisch eine Frau zum Pferdestehlen. Und da ist etwas Besonderes. Etwas, das man nicht vergessen kann. Das man immer vor Augen hat. Diese großen Augen zum Beispiel. Wenn sie mich mal wieder skeptisch beäugt, werden sie schmal. Echt schade. Warum ist sie bloß immer so kompliziert? Motzt herum, versucht mich aus dem Team zu bekommen. Und was ist das jetzt plötzlich mit dem Kopftuch? Oder muss sie das tragen, weil sie das Alter dazu erreicht hat? Vielleicht ist sie einfach anders, weil sie Türkin ist. Oder sie hat schlicht und einfach nur einen Knall.

Das Grübeln lässt mir keine Ruhe. Ich gehe in die Küche, um mir ein Glas Cola zu holen. Dort sitzt Mama mit einer großen Schüssel Eis. Sie springt auf, als sie mich sieht. Kommt auf mich zu und nimmt mich in den Arm.

„Na, hast du auch Hunger?“

„Nur Durst.“

„Wasser?“

„Lieber eine Coke, wenn das geht.“

„Finde ich gut, da sind wenigstens ein paar Kalorien drin. Die Zusatzstoffe ignorieren wir ausnahmsweise mal.“

„Hab ja eh schon Krebs“, versuche ich witzig zu sein.

Das Gesicht meiner Mutter verdunkelt sich, aber sie quält sich ein Lächeln heraus.

„Der Doc hat's erlaubt“, schieße ich schnell hinterher. Sie hat in letzter Zeit genug mit mir durchgemacht.

Sie atmet hörbar auf und holt mir eine Flasche aus dem Kühlschrank. Eine Weile sitzen wir so da. Sie isst ihr Eis, ich trinke meine Coke.

„Wenn du lieber erstmal nicht in die Schule gehen willst ist das überhaupt kein Problem für Papa und mich, hörst du?"

Ich verschlucke mich und muss husten.

„Du kannst das ganz allein entscheiden. Du wirst noch lange leben, da macht ein Jahr mehr oder weniger auch nichts aus."

Sie betont das „lange" und nickt, während sie das sagt, als müsse sie sich selbst bestätigen.

Ich bin überrascht über diese Frage. Ich hätte nie geglaubt, dass sie mich freiwillig nicht mehr zur Schule gehen lassen würden. Gerade Papa legt doch so viel Wert auf Bildung und hat Großes mit mir vor.

Soll ich zuhause bleiben? Es würde mir dieses ganze Mitleidsgetue ersparen. Und das Zusammenreißen und das Unterdrücken. Aber dann wären alle in ihrem Glauben bestätigt, dass Ben ein Schwächling ist. Ein Kranker, der vielleicht bald stirbt.

„Ich denke darüber nach", antworte ich meiner Mutter. Sie streicht mir über den Kopf. Ich wünsche Ihr eine gute Restnacht und gehe wieder in mein Zimmer.

Müde bin ich immer noch nicht. Durch Mamas Vorschlag grüble ich jetzt noch mehr herum als vorher schon. Also nehme ich mein Notebook mit ins Bett. Ich sehe meine Profilseiten durch. Timo hat bestimmt zehn neue Knutschfotos von sich und seiner neuen Freundin gepostet. Ganz schön Cheesy das alles, aber heimlich bin ich neidisch. Auf Kiyun Blog gibt's die neuesten Parkourvideos. Ich like sie alle und sehe sie mir an, obwohl ich sie schon kenne. Nach vierzig Minuten habe ich alle Neuigkeiten des Tages erfasst. Dann steht die Welt still, es passiert nichts mehr. Das Universum schläft, im Gegensatz zu mir. Um diese Zeit kommen neue Einträge höchstens von meinem früheren Austauschschüler Carlos aus Vienna in Virginia, aber auch er hat heute nichts in hundertvierzig Zeichen zu sagen. Ich suche nach Bahars Profil. Sie hat eins angelegt, es aber gut geschützt. Ich müsste ihr eine Freundschaftsanfrage schicken, um sie ausspionieren zu können. Diese Blöße will ich mir nicht geben. Was würde sie denken, wenn nachts um drei eine Freundschaftsanfrage kommt? Dass ich Tag und Nacht an sie denke? Vielleicht kann ich sie anders finden. Also gebe ich ihren Namen in eine Suchmaschine ein. Ich finde sie auf einem Mannschaftsfoto ihres Fußballteams. Clara ist auch drauf. Außerdem sehe ich, dass sie theoretisch noch einige Profile mehr angelegt hat, auf die ich praktisch aus genannten Gründen nicht zugreifen kann. Es werden mir auch Leute mit demselben Nachnamen angezeigt. Serkan Zengin, Ahmed Zengin, Cem Zengin. Eine Homepage von einem Friseur. Vielleicht irgendein Verwandter von ihr. Ich klicke mich schnell durch die Bilder, will zum nächsten Link wechseln. Dann noch auf das Video auf der ersten Seite. Der Friseur oder Barbier, wie auch immer, schneidet dem Bürgermeister den Bart. Alles nicht sehr spannend, aber dann ist sie plötzlich im Bild. Bahar. Sieht etwas jünger aus als jetzt, hat längere Haare. Sie lacht über ihr ganzes Gesicht und albert herum. Sie reicht dem Barbier nach und nach die Dinge, die er für die Rasur benötigt: Das Rasierschaum, einen Waschlappen, ein Handtuch.

Meine Brust pocht. Herzrasen. Warum? Wahrscheinlich, weil ich nicht damit gerechnet habe, sie in dem Video zu sehen. Überraschungseffekt halt. Als das Video
durch ist, klappe ich das Notebook zu und lösche das
Licht.
Nach zehn Minuten setze ich mich wieder auf, knipse
das Licht wieder an und sehe mir das Video noch fünfmal an. Nur so. Aus Langeweile.

Kapitel 10: Türkis

Bahar

Ich müsste jetzt zum Parkour Training. Nur: Ich will nicht dahin. Ben wird mit Sicherheit auch dort sein und dann muss ich mich weiter von dem auslachen lassen. Ich könnte jetzt auch einfach das Kopftuch wieder abnehmen und so tun, als sei alles nur ein Scherz gewesen. Vielleicht sollte ich das machen. Aber nur wegen eines Jungen? Wegen eines deutschen Jungen? Oder wegen dieser Leute aus der S-Bahn? Nichts da. Ich werde zum Training gehen. Mit meinem Kopftuch. Ich werde nicht verschüchtert in der Ecke stehen. Ich werde jedem, der mich diskriminiert, meine Meinung sagen. Aber so was von. Die werden sich noch umgucken. Zur Not ist ja auch noch Tayfun da.
Ich muss nur dieses rosa Kopftuch gegen ein anderes eintauschen. Ist echt nicht meine Farbe. Melissa will es bestimmt auch bald wiederhaben.
Ich verlasse die Wohnung und sehe mich um. Starrt mich schon wieder jemand an? Frau Nachbarin vielleicht? Nein, kein Mensch in Sicht. Ich gehe also zur Bushaltestelle. Dort warten schon drei andere. Eine trägt wie ich ein Kopftuch, sie hat ihren Sohn dabei. Weder sie noch die anderen beachten mich. Alle sind mit sich beschäftigt oder blicken träumend dem Bus entgegen.
Der Bus ist voll. Es ist Samstag und viele wollen zum Wochenmarkt. Nach drei Stationen ist kein Platz mehr

frei. Eine alte Frau kommt herein. Niemand lässt sie sitzen. Männer sehen abwesend aus dem Fenster, Frauen sind mit ihren Kindern beschäftigt, Jugendliche starren auf ihre Handys. Ich zeige, dass ich gut erzogen wurde und stehe für sie auf. Sie lächelt mich offen an, bedankt und setzt sich. Vielleicht wird der Tag doch noch ganz gut.

Einige hundert Meter weiter entdecke ich den Klamottenladen für Muslime. Hier gibt es modische Sachen, Hochzeitskleider aber auch lange Gewänder und eine große Auswahl an Kopftüchern. Ein ziemlich gut aussehender junger Mann kommt auf mich zu.

„Kann ich dir helfen?"

„Ich suche nach Kopftüchern", erkläre ich ihm.

„Schwarz oder in Farbe? Wenn ich mir deins ansehe, wahrscheinlich eher Farbe."

Er fragt nicht, er stellt fest. Ich nicke. Dann will er wissen, welchen Stoff ich bevorzuge. Ich zucke mit den Schultern.

„Egal", antworte ich ihm.

Er legt mir zehn unterschiedliche Tücher auf den Tisch. Mir gefällt ein Türkises. Es ist auch eher dünn, dadurch wird es nicht zu heiß werden beim Sport.

„Willst du es anprobieren?", fragt mich Mr. Pretty.

Ich fackle nicht lange und nehme das rosa Tuch vom Kopf.

„Was machst du da!", schreit mich der Typ an, der plötzlich gar nicht mehr so hübsch aussieht. Ich blicke ihn irritiert an.

„Verdammt Mädchen, warum trägst du ein Kopftuch?"
Ich verstehe immer noch nicht.

„Weil ich Muslimin bin", stottere ich vor mich her.
„Und warum trägt eine Muslimin ein Kopftuch?", fragt
er mich in einem genervten und gleichzeitig belehren-
den Ton. Ich überlege kurz. Dann kommt der Geistes-
blitz, auf den er gewartet hat. Ich nehme das rosa Tuch
schnell wieder auf den Kopf.
„Na also, geht doch", er ist zufrieden.
Dann bringt er mich zu einer Umkleidekabine. Am
liebsten würde ich schnell wieder verschwinden, aber
nun muss ich hier durch. Ich nehme fünf Tücher mit.
In der Kabine setze ich mich erstmal auf den Schemel
und versuche, mich zu beruhigen. Ich atme tief durch.
„Brauchst du Hilfe?", höre ich irgendwann durch den
Vorhang.
Eine nette Frauenstimme. Ich gucke kurz heraus und
nicke ihr zu. Sie kommt herein und bindet mir ein Kopf-
tuch nach dem nächsten. Außerdem zeigt sie mir, wie
man die Tücher feststeckt, damit sie nicht rutschen.
„Fängst du gerade an?", fragt sie mich verständnisvoll.
Ich nicke.
„Ich muss mich für meinen Bruder entschuldigen, der
übertreibt es immer ein wenig mit seinen Regeln."
Ich bin ihr dankbar für ihre Worte, mag ihren Bruder
aber immer noch nicht.
Ich bleibe bei dem türkisenen Kopftuch. Die Farbe gefällt mir und ich bilde mir ein, dass sie meine braunen
Augen gut unterstreicht. Mit diesem Gefühl, kann ich
auch zum Parkour gehen. Ich gehe an die Kasse. Neu-
undvierzig Euro kostet meine Augenunterstreichung.
Nochmal muss ich nach Luft schnappen. So viel Geld
für so ein kleines bisschen Stoff? Dann bleiben mir von

meinem Monatstaschengeld nur noch knapp zwölf Euro übrig. Werde ich nochmal Baba anhauen müssen. Von Anne kann ich da wohl nichts erwarten. Sie wird natürlich dagegen sein, dass ich mein Geld für Kopftücher ausgebe.

Ich verlasse den Laden und gehe in Richtung Bahnhof. Dabei komme ich an Babas Laden vorbei. Ich bin noch früh dran und schaue kurz rein.

„Salam", begrüße ich Baba und seine Kunden. Mein Baba schaut kurz hoch. Sieht mir in die Augen, sieht mir auf den Kopf. Sagt nichts, wendet sich wieder seinem Kunden zu. Den habe ich schön öfter hier gesehen.

„Ist das nicht deine Bahar?", fragt er ihn.

„Ja", antwortet Baba knapp.

„Bist du jetzt schon in dem Alter?", fragt er mich.

„Bin ich", mache ich es kurz.

Ich nehme mir einen Tee und sehe eine Weile zu. Baba redet heute nicht viel, ab und an sieht er zu mir rüber. Er muss sich an den neuen Anblick gewöhnen. Aber dann wird er stolz drauf sein. Da bin ich mir sicher.

Als ich den zweiten Tee ausgetrunken habe, wird es Zeit. Ich umarme meinen Baba und verlasse seinen Saloon.

Am Bahnhof steige ich die Stufen zu Gleis Drei hinauf. Dort stehen schon alle und lassen sich gerade etwas von Tayfun erklären. Ich habe Herzklopfen. Total lästig. Irgendwie zittere ich auch. Ben sieht mich direkt an und lächelt irgendwie schief. Kann er mich nicht endlich in Ruhe lassen? Ist doch meine Sache, was ich trage. Er soll sich doch über sich selbst kaputt lachen. Diese Schlabberhosen sind auch nicht gerade der Hit. Ich stelle mich neben Niels. Ben ist nur noch Luft. Ich sehe aus den Augenwinkeln, wie er zu mir rüber sieht. Niels zuckt zusammen und gibt einen kurzen erschreckten Ton von sich, als er mich ansieht. Dann starrt er mich an.

„Bahar?", fragt er zu laut.

„Oh", kommt von Kiyun.

„Verdammt nochmal", ich werde sauer, „das ist nur ein Kopftuch und nicht der weiße Hai. Guckt gefälligst woanders hin."

Tayfun rettet die Situation.

„Leute, konzentriert euch. Der Dreh ist in ein paar Tagen und Bahar, dein Sichtungsspiel auch. Hier wird jetzt höchstens noch über Sport geredet. Alles Weitere ist tabu, klar?"

Sie nicken. Ich bin erleichtert. Ist schon schön, so einen großen Bruder zu haben. Die Jungs halten sich auch daran und hören weiter Tayfun zu, der ihnen erklärt, wie sie bei ihren Moves die Kamera im Blick haben müssen. Trotzdem bemerke ich, wie Ben mir weiter Blicke in den Kopf bohrt. Der soll damit aufhören. Ich werfe ihm den bitterbösesten Blick zu, den ich draufhabe. Das sollte gesessen haben. Aber er kommt trotzdem auf mich zu. So nah, dass ich ihn riechen kann. Er flüstert mir ins Ohr, es kitzelt.

„Du, Sophie und ich, also, wir wollten dich nicht, also…"

Mich interessiert die Story von ihm und seiner Ische nicht.

„Sei ruhig, ich kann ihn nicht verstehen", gifte ich ihn an.

„Aber…"

„Du bist eben ein Rassist wie alle anderen auch."
„Rassist? Spinnst du? Was hat das denn damit zu tun?"
Jetzt flüstert er nicht mehr.
„Alles hat es damit zu tun, einfach alles."
Ich drehe mich von ihm weg. Ich merke, wie er mich noch eine Weile anstarrt. Dann gibt auch er auf und wendet sich wieder Tayfun zu. Der wird langsam wütend.

Die Jungs bekommen unterschiedliche Aufgaben. Jeder soll seinen Move trainieren und versuchen, sich dabei bewusst in eine bestimmte Richtung zu drehen. Die Richtung, in der dann die Kamera stehen wird. Tayfun schlägt vor, dass ich an meiner Kondition arbeite und jede Treppe des Bahnhofs rauf und runter laufe. Wenn ich damit fertig sei, soll ich die Runde im Zirkelsystem wiederholen. Ich ziehe meine Schuhe an und starte. Als ich die Treppe hinunterlaufe höre ich noch, wie Tayfun Ben ermahnt, seine Moves nur ansatzweise durchzugehen. Scheint dem nicht zu gefallen. Nachdem ich meine Treppenrunde durch habe und wieder zu Gleis Drei hochtrabe, ist Ben nicht mehr da. Gut. Es ist so anstrengend, Leute ignorieren zu müssen.

Meine zweite Runde will ich mit Musik angehen. Ich nehme meine Kopfhörer aus der Tasche und setze sie auf die Ohren. Ich starte meine Power-Playlist. Ich muss die Lautstärke hochstellen. Das Kopftuch dämmt sie etwas. Optimaler Gehörschutz eigentlich, sollte ich Anne als Tipp für ihre fluglärmgeplagten Patienten mitgeben.

Kapitel 11: Slam

Ben

Bahar will nichts mehr von mir wissen. Kann ich verstehen. Nur erklären lassen könnte sie es mich wenigstens. Konzentriere ich mich halt wieder auf das Training. Es wird langsam konkret. In Gedanken gehe ich durch, wie ich mich beim Tic-Tac etwas mehr dem Bahnsteig zuwenden werde. Wie die anderen, gehe ich zu meinem Ausgangspunkt.
Ich merke sehr wohl, dass Tayfun zweifelnd zu mir rüber sieht. Ich versuche, das nicht weiter zu beachten. Auch über Bahars Blicke muss ich mir keine Gedanken mehr machen, denn sie ist inzwischen davongerannt.
Ich nehme mein Ziel ins Visier. Der Stromkasten, die Bank. Mein Tempo wird das Wichtigste sein. Ich gehe etwas in die Knie, dann schließe ich kurz die Augen. Ich stoße dreimal meinen Atem aus. Meine Gedanken fokussieren sich. Anlauf, Kasten, Bank. Schnell, kräftig, hoch. Zum Bahnsteig drehen. Ich öffne die Augen und rase los. Ich gebe wirklich alles. Meine Lunge arbeitet. Das weiß ich, weil sie schmerzt. Meine Beine arbeiten. Das weiß ich, weil sie zittern. Mehr geht nicht, mehr geht nicht. Da ist er, der Stromkasten. Ich platziere meinen Fuß auf die mittlere Höhe. Stoße mich mit meinen Restkräften ab. Ich habe die richtige Höhe, um die Bank zu überspringen. Jetzt nur noch etwas drehen. Das ist zu viel. Ich sinke in der Luft etwas ab, streife die Banklehne und knalle auf den Boden. Schmerzen. Na Bravo. Ich rapple mich umständlich wieder auf. Ich sehe über

meine Schulter zu Tayfun. Ist mit etwas anderem beschäftigt und hat nichts mitbekommen. Sehr gut.

Wiederholen kann ich das gerade nicht. Also gehe ich zu den anderen rüber und sehe ihnen bei ihren Moves zu. Das mit dem Eindrehen müssen auch sie ein paar Mal üben, aber alles andere funktioniert natürlich einwandfrei.

Tayfun kommt zu mir rüber.

„Und, hat es geklappt bei dir?“

„Ja, ja“, antworte ich knapp.

„Soll ich es mir mal ansehen?“

„Nicht nötig.“

„Okay. Wie läuft es mit deiner Strecke? Schon etwas gefunden?“

„Ich denke, es wird auf den Hafen hinauslaufen.“

„Finde ich gut, da geht glaub ich einiges. Hatte auch schon mal dran gedacht, mit euch Jungs dort zu trainieren. Machen wir nach dem Dreh. Dann bestimmst du die ersten Hindernisse.“

Ich freue mich total über diese Ankündigung.

„Wie wäre es, wenn du jetzt hinfährst und weiter dran arbeitest?“, fragt er mich.

Ich sehe zur Treppe. Bahar ist noch nicht wieder aufgetaucht. Tayfun versteht es als Zweifel.

„Du kannst es auch ein anderes Mal machen.“

„Nein, nein, ich gehe“, versichere ich ihm.

„Sehr gut. Dann sehen wir uns.“

„Bis dann.“

Ich klatsche noch die Jungs ab und mache mich dann auf den Weg. Im Tunnel höre ich die dumpfen Geräusche von Bahars Schuhen. Ich glaube, sie ist gerade bei

Gleis Sieben angelangt. Ich überlege, noch mal zu ihr zu gehen. Aber für mich wird sie wohl kaum anhalten und ich komme niemals im Laufschritt die Treppen hoch. Auch nicht runter. Außerdem habe ich für heute genug. Jetzt noch mal als Rassist beschimpft werden, nein danke.

Diesmal laufe ich nicht zu Fuß ins Hafenviertel. Habe ja meine persönliche Stütze Sophie nicht dabei. Also nehme ich den Bus und fahre so nah wie möglich dran. Die Haltestellen am Hafen sind schon eingerichtet, werden aber noch nicht angefahren. Es wohnt ja auch noch niemand hier.
Ich laufe also ein Stück durch das Nordend, besorge mir etwas zum Trinken und einen Schokoriegel. Irgendwann heute muss ich etwas essen, sonst ist auch die Restenergie bald futsch. Mit Schokoriegel und Cola spaziere ich erst mal die Hafentreppen zur Aussichtsplattform hinunter. Hier kann man auf den Fluss schauen und super chillen. Ich will mich gerade auf eine Stufe setzen, da entdecke ich links an einer Mauer ein knutschendes Pärchen. Super, Pärchen Terror. Wenn ich mich jetzt hier hin setze, halten sie mich für einen Voyeur. Wer weiß, wie weit die noch gehen. Wird ja ganz schön stürmisch bei den Beiden. Seufzend stehe ich wieder auf und starte meinen Rückzug.
„Ben?", ruft mir jemand hinterher.
Ich kenne diese Stimme, drehe mich um. Aus dem knutschenden Knäuel hat sich Timo gelöst und kommt jetzt grinsend auf mich zu.
„Da hast du uns aber erwischt", lacht er. An seiner

Hand schleift er ein Mädchen mit sich. Ich habe sie schon einmal gesehen. Ich glaube, sie ist in der Klasse unter uns. Auf den Facebookfotos war sie nicht so deutlich zu erkennen vor lauter Timo im Gesicht. Der zieht sie gerade an sich und umarmt sie von hinten. Sie ist genau ein Kopf kleiner als er. Optimale Voraussetzungen, jetzt sein Kinn auf ihrem Kopf abzulegen. Sieht ganz gut aus, zugegebenermaßen. Sie lächelt verträumt.
„Darf ich vorstellen? Das ist Leona, meine Freundin.“
Er hört sich stolz an. Ist das süß. Ich könnte schon wieder kotzen.
„Hi. Ben.“, antworte ich aber brav und strecke ihr meine Hand hin. Sie nimmt sie, drückt aber nur leicht.
„Das ist der Ben, von dem ich dir schon erzählt habe. Macht gerade ganz schön was durch. Oder, alter Freund?“
Er fasst mir an die Schulter, jetzt stehen wir im Dreierknäuel da. Wie sieht das bitte aus?
Sie weiß alles. Das erkenne ich an ihren traurigen Augen, mit denen sie mich ansieht. Na super. Erstaunlich, dass Timo überhaupt noch über mich redet. Ich dachte, ich wäre bereits aus seiner Galaxie verschwunden.
„Tut, tut mir echt leid“, flüstert sie.
„Ja. Danke. Ist aber halb so schlimm“, versichere ich ihr. Hilft nicht, sie guckt immer noch wie diese Stofftiere mit übergroßen glasigen Augen.
„Aber es ist doch… Krebs, oder?“
„Richtig. Aber im Anfangsstadium und meine Heilungswahrscheinlichkeit liegt bei 95 Prozent.“
Wie oft habe ich das jetzt schon zu Leuten gesagt? Sie umarmt mich und flüstert mir zu:

„Du schaffst es, ich fühle das."

Ja. Ne. Klar. Sie löst sich von mir und auch von Timo. Sie müsse mal eben aufs Klo. Sei gleich wieder da. Ich habe keine Ahnung, wo hier ein Klo sein soll. Aber Frauen fällt ja immer etwas ein. Kenn ich von Mama und Sophie. Bei denen ist immer Holland in Not, wenn ihnen entweder kalt ist, sie Hunger haben oder aufs Klo müssen. Deshalb scannen sie neue Umgebungen immer gleich automatisch auf entsprechende Möglichkeiten zum Aufwärmen, Essen und Pinkeln ab.

Ich setze mich doch noch auf die Stufen. Zusammen mit Timo. Meinem „alten Freund".

„Ist sie nicht großartig?", fragt er mich.

Ich nicke anerkennend. Ein „nein" hätte er eh nicht akzeptiert. Er erzählt mir alles über sie. Wie er sie im Freibad kennen gelernt hat. Sie fand ihn „total heiß" als er vom Zehn-Meter-Brett gesprungen ist. Ihre Freundin habe ihn dann angesprochen. Da sei ein Mädchen, das ihn kennenlernen wolle. Er sei hin und habe sie noch am selben Tag zum ersten Mal geküsst. Im Wasser, das sei „sowas von heiß" gewesen. Seitdem sehen sie sich täglich und es werde immer „heißer". Im Bikini sehe sie „total heiß" aus. Wenn sie vier Wochen zusammen sind, werden sie Sex haben. Das habe er sich vorgenommen. Da sei zufällig auch ihr fünfzehnter Geburtstag.

„Ist doch ein heißes Geschenk, oder?"

Noch acht Tage. Er mache sich schon Striche auf die Tapete hinter seinem Bett. Kondome habe ihm sein Vater schon vor einem Jahr zugesteckt.

„Weiß sie auch schon davon?", frage ich ihn.

„Ist doch ein Geburtstagsgeschenk, soll eine Überraschung werden. So etwas müssen wir auch gar nicht besprechen. Das ist so eine stillschweigende Vereinbarung zwischen uns."

Er grinst wieder grenzdebil. Ich sollte mich für ihn freuen, mache ich aber nicht.

„Und du? Eine Frau am Start? Geht gerade nicht wegen dem Krebs, was?"

„Was hat der Krebs mit Mädchen zu tun?"

„Na ja, da muss man ja schon auch fit für sein."

„Bin ich", versichere ich ihm.

Sein zweifelnder Blick verrät mir, dass er mir das nicht abnimmt.

„Du kannst doch bestimmt durch Mitleid eine aufreißen. Clara zum Beispiel, die macht dir doch bestimmt die kuschelige Krankenschwester."

Jetzt wird mir auch heiß.

„Clara kann mich mal, ich stehe nicht auf Mitleid. Hab ein anderes Mädchen am Start."

Er ist total überrascht und aus dem Häuschen.

„Echt, das ist ja Wahnsinn!", brüllt er über das ganze Hafenbecken.

Natürlich will er wissen, wer sie ist. Und ob sie auch „heiß" sei. Das ist anscheinend sein Wort des Tages.

„In unserem Alter, super hübsche Türkin."

Er sieht mich entsetzt an.

„Türkin? Bist du verrückt geworden?"

„Wie meinst du das?"

„Die dürfen doch gar keinen Freund haben. Wenn du schon was mit der hast, mach besser gleich wieder Schluss. Sonst gibt es mächtigen Ärger mit der Familie.

Und wenn du dich doch dafür entscheidest: Du musst dir sicher sein, dass du danach keine andere Freundin mehr willst. Musliminnen wollen heiraten und weiter nichts. Wenn du das willst, musst du, bevor du sie um eine Verabredung bittest, natürlich ihren Vater fragen. Und wenn sie einen Bruder hat, dann den auch noch. Vielleicht hast du Glück und sie haben für sie nicht schon jemand anderes ausgesucht. Aber vor der Heirat darfst du natürlich nicht mit ihr schlafen, das ist dir schon klar oder? Das sind Moslems. Deren Einstellungen passen nicht zusammen mit denen von uns. Aber Ben, sie trägt nicht auch noch ein Kopftuch oder?"

„Doch irgendwie schon, aber noch nicht lange."

„Oh, oh, das ist gar nicht gut. Gar nicht gut. Dann wird sie auch noch streng erzogen."

„Woher weißt du denn das alles?"

„Also komm, das weiß man doch. Sowas sieht man doch immer im Fernsehen und in Zeitungen und so. Meine Eltern erzählen das auch immer."

„Na, die müssen es ja wissen."

„Was willst du damit sagen?"

„Ach nichts, schon gut."

Leona kommt zurück und hängt sich gleich wieder an ihren Freund.

„Ich habe dich vermisst", flüstert sie ihm zu. Er küsst sie lange vor meinen Augen. Ich kann mich gar nicht schnell genug wegdrehen.

„Du wir müssen jetzt mal los. Wir sehen uns in der Schule."

„Vielleicht", antworte ich ihm.

Bahar

Fix und fertig von den Treppensprints schmeiße ich mich aufs Bett. Ich lege mich auf den Bauch, strecke meine Arme links und rechts von mir aus. Ein Bein gerade, das andere angewinkelt. Gesicht in die flauschige Decke gedrückt. Von irgendwo höre ich mein Handy surren. Wahrscheinlich ist es unter dem Klamottenhaufen da hinten. Ich kann mich jetzt nicht bewegen. Stattdessen murre ich wie eine Kuh. Muss jetzt sein. Ein langes dunkles Murren. Muuuuuuh.
Ich bekomme keine Luft mehr. Also drehe ich mein Gesicht etwas zur Seite. Mo sieht mich skeptisch an.
„Guck nicht so", befehle ich ihm.
Er scheint mit seiner Pfote in Richtung surrendes Handy zu weisen. Scheiß Mobilbox. Die wird so schnell keine Ruhe geben.
„Ja, ja, ist ja gut", gebe ich entnervt nach. Ich quäle mich aus dem Bett, um mir schnell das Handy zu greifen und mich danach wieder nach hinten fallen zu lassen.
Der kleine Quälgeist ist Sarah. Hat mich fünfmal angerufen. Muss ja wirklich wichtig sein. So penetrant ist sie mit ihren Anrufen sonst nie. Ich höre die Mobilbox ab.
„Bahar, ruf mich an, du musst mich anrufen. So schnell wie möglich."
Hört sich dringend an. Ich wähle ihre Nummer. Sie muss schon dran gegangen sein, bevor es das erste Mal geklingelt hat.
„Endlich, wo warst du denn?"
„Meine Güte Sarah, was ist los?"
„Ich wurde ausgewählt", ihre Stimme überschlägt sich

und ist viel höher als sonst.

„Zu was?"

„Poetry Slam, Bahar, ich darf beim Poetry Slam auftreten! Ahhhh, ich bin so aufgeregt!"

Ihre Stimme überschlägt sich jetzt und mir fliegen fast die Hörmuscheln weg bei ihrer Lautstärke.

„Poetry Slam? Sarah, ich wusste gar nicht, dass du schreibst."

„Ja, ich wollte, na ja, erstmal sehen, wie es so läuft."

„Anscheinend gut."

Ich freue mich für sie. Und ich bin auch etwas stolz, schließlich ist dieses Dichtergenie meine beste Freundin.

„Du musst natürlich mitkommen, allein überstehe ich das nicht. Nervös bis kurz vorm Exodus, sag ich nur."

Natürlich komme ich mit, auch wenn ich bisher mit Gedichten und so ´nem Zeug wenig am Hut hatte. Ich bin eher ein Roman-Typ. Mit meinem Muskelkater werde ich wahrscheinlich drei Stunden brauchen, um bis sieben Uhr dort anzukommen.

Meine Anne steckt den Kopf zur Tür herein.

„Lust auf einen Tee?", fragt sie mich.

Ich nicke. Ein starker Tee ist jetzt gar nicht schlecht. Zum wieder wach werden. Ich gehe zu ihr ins Wohnzimmer, nehme mir ein Glas und fläze mich mit ihr auf die Couch. Der Fernseher läuft, sie schaut mal wieder ihre Serie. „Dahoam is Dahoam". Rentnerfernsehen und dann auch noch auf bayrisch. Mit zweiundvierzig. Ich denke mir meinen Teil, sage aber diesmal nichts. Stattdessen starre ich apathisch auf den Bildschirm und rühre solange den Würfelzucker schwindelig, bis er aufgibt und sich auflöst.

Als die Folge um ist, schaltet Anne das Gerät aus. Sie scheint zufrieden. Jetzt wendet sie sich mir zu.

„Wie läuft es denn beim Fußball, Bahar?", fragt sie mich.

Ich erzähle ihr natürlich nichts von meiner Trainingssperre.

„Ganz gut", halte ich es kurz.

„Hat sich dein Trainer schon entschieden, ob der dich oder Clara beim Sichtungsspiel aufstellen will?"

„Hat noch nichts gesagt, er macht es spannend", erkläre ich ihr.

Sie drücke mir die Daumen. Am liebsten würde sie zusehen, aber das wolle ich ja nicht. Ich begründe es noch mal damit, dass mich das noch nervöser machen würde. Stimmt sogar. Meine Mutter betrachtet jetzt mein Kopftuch. Ich rechne damit, dass sie mich gleich darauf ansprechen wird. Dann wird sie mich auffordern, es abzunehmen.

„Die Farbe steht dir gut."

Mir schwant nichts Gutes, aber sie fährt fort:

„Ich habe nie ein Kopftuch getragen. Wie bindet man es eigentlich?"

Ihr Interesse scheint echt zu sein. Dafür kenne ich sie gut genug. Also nehme ich das Tuch ab, breite es aus und lege es wieder um. Das musste ich selbst mehrere Male üben.

„Darf ich auch mal?", fragt sie mich. Ich nehme das Tuch also wieder ab und gebe es ihr. Es dauert etwas, aber irgendwann hat sie es geschafft. Es sitzt etwas schief. Ich helfe ihr, dann passt es. Ein ungewohntes Bild. Sie geht kurz in den Flur und sieht in den Spiegel. Betrachtet sich einen Moment. Dann nimmt sie das Tuch lächelnd wieder ab und gibt es mir zurück.

„Danke", sagt sie und beginnt, den Teetisch abzuräumen.

Ben

Timos Bedenken wegen Bahar lassen mir keine Ruhe. Kann man als Deutscher wirklich nichts mit einem muslimischen Mädchen anfangen? Spielt Religion immer noch eine so große Rolle? Ich habe mal gehört, dass in unserer Stadt Menschen aus über hundertvierzig Nationen leben. Das durchmischt sich doch eh alles, warum sollte es also ein Problem sein?

Zuhause angekommen, hole ich mir schnell eine Flasche Wasser und eine Banane, setze mich dann an meinen Schreibtisch und starte mein Notebook. Als erstes gebe ich „deutsch-türkische Beziehung" in die Suchmaschine ein. Sie schlägt mir die Seite des Auswärtigen Amtes vor, außerdem ein paar Zeitungsartikel zu internationalen Beziehungen und über Erdogan. Ich schaue kurz rein und erfahre etwas über die EU-Verhandlungen mit der Türkei und irgendeinen übertriebenen Tempelbau, aber es ist nicht wirklich das, was ich gesucht habe. Ich muss deutlicher werden.

„Verknallt in ein türkisches Mädchen" ist mein zweiter Versuch. Volltreffer. Ich finde mehrere Foreneinträge von Jugendlichen in meinem Alter. Zumindest glaube ich, dass sie so in meinem Alter sind. Einer schreibt:

„Hi, ich habe ein Problem. Ich bin total verknallt in ein türkisches Mädchen in meiner Klasse. Sie ist witzig und richtig hübsch. Aber ich weiß nicht, wie ich es ihr sagen soll. Muss ich da irgendetwas beachten? Sie ist ja Muslimin und so, ich kenn mich da nicht so gut aus. Hat jemand einen Tipp?“

Der Eintrag von Dude2015 hat einundzwanzig Antworten bekommen. Nicht schlecht, das Thema scheint einige zu interessieren. So verrückt, wie Timo meint, bin ich also wohl nicht. Vielleicht schicke ich ihm nachher den link.

Nein, schicke ich nicht.

Die erste Antwort von Anonym lautet: „Lass bloß die Finger von ihr, sonst bist du bald tot. Muslima werden immer von ihren Brüdern und Vätern bewacht und wenn die das mitbekommen, stechen sie dich ab. Die dürfen vor ihrer Hochzeit keine Beziehung haben.“

Ich muss schlucken. Anscheinend ist Timo mit seiner Meinung nicht allein.

Auch BackOff schreibt: „Ich muss Anonym da total recht geben. Mit denen ist nicht zu spaßen. Und sie wird Dich eh nicht wollen, die sind sich auch zu gut für Deutsche.“

Es folgen einige solcher Beiträge. Ich rutsche in meinem Stuhl immer weiter nach unten. Am Ende liege ich mehr als ich drauf sitze. Ich blinzele mit den Augen, damit ich das Elend nicht weiterlesen muss. Es geht weiter auf dem Niveau. Doch dann öffne ich die Augen doch noch mal weiter. Perle16 schreibt:

„Was für einen absoluten Schwachsinn Ihr hier schreibt.

Ihr könnt uns doch nicht einfach in eine Schublade stecken. Es kommt immer auf die Familie an. Einige sind konservativ, das stimmt. Aber andere total modern, die hätten bestimmt kein Problem damit. Ihr macht es euch echt zu einfach. Ihr hättet wirklich keine von uns verdient."

AisheSporthuhn gibt ihr Recht: „Oh Mann, Danke Perle16. Das, was hier gepostet wird, kann man echt nicht ertragen. Ich hätte auch gerne mal einen deutschen Freund. Aber die trauen sich immer nicht. Trau dich einfach Dude2015, ich find das klasse."

Darunter folgen noch weitere Postings mit Beleidigungen an Aishe und Perle, aber auch Bestätigungen. Ich lese noch zwei durch, dann habe ich genug und klappe mein Laptop zu. Ich setze mich in meinen Baseballsessel und denke nach. Aber eigentlich weiß ich schon, was ich machen muss. Ich muss mehr über Bahars Eltern herausfinden. Das Tayfun auf seine Schwester aufpasst, habe ich ja schon mitbekommen. Aber, dass er mich umbringen würde, wenn ich etwas mit Bahar hätte, glaube ich jetzt nicht wirklich.

Oder täusche ich mich?

Bahar

Ich treffe mich mit Sarah am Streichholzkarlchen. Einer kleinen Statue von einem Typen mit Mütze. Keine Ahnung, wer er war, wann er gelebt hat und was er erfunden hat. Zumindest hat er es geschafft, ein beliebter Treffpunkt in der Stadt zu werden. Praktisch, denn Sarah denkt, ich würde die Location allein nicht finden.

Jetzt macht sie aber ein ganz schönes Geheimnis aus der Sache.

Als ich beim Karlchen ankomme, steht meine Freundin schon da. Vielmehr wackelt sie da. Von einem Bein aufs nächste. Sie hält ein Blatt Papier direkt unter ihrer Nase und legt dabei ihre Stirn in Falten.

„Brauchst du eine Brille?", frage ich sie. Sie fährt zusammen und sieht auf.

„Hah, du bist es. Gut, dass du da bist. Ich sterbe hier gerade."

„Dafür siehst du aber ziemlich lebendig aus."

„Jetzt lass deine Witze, ich brauche dich zum Händchenhalten."

„Hier vor allen Leuten?"

„Bahar!"

„Ja, ist ja schon gut."

Sie faltet das Papier zusammen und zieht mich am Arm in Richtung Fußgängerzone. Kurz davor biegt sie in einen Hinterhof ab.

Das ist typisch für meine Stadt: Von außen sind die Gebäude manchmal nicht so schön. Putz kommt runter oder die Fassaden wirken, als hätten die Häuser gerade mit Matsch gespielt und sich danach die Hände nicht vernünftig gewaschen. Aber dann geht man durch ein Tor und, peng, ist man in Italien. Oder Spanien oder Portugal oder der Türkei. Die Leute geben sich echt Mühe, es sich gemütlich zu machen. Zu doof, dass das nicht die sehen, die immer über unsere Stadt lästern.

Aber das hier ist nicht nur der Hinterhof eines Wohngebäudes. Über einer Tür hängt ein Schild mit der Aufschrift „Theater im Hof". Man muss genau hinsehen, um das lesen zu können, denn Efeu hat sich bei seinem Wachstum offensichtlich nicht um die Kunst geschert und verdeckt fast das ganze Schild.

Im Hof stehen schon einige Leute in der Gegend herum. Wir sind eindeutig die Jüngsten, den Rest schätze ich auf zwischen siebzehn und vielleicht Anfang dreißig. Auffällig ist, dass die meisten Gesichter türkisch oder irgendwie arabisch aussehen. Mit unseren Kopftüchern sind Sarah und ich hier nicht allein.

„Warum sind nur Moslems hier?“, frage ich Sarah.

„Das ist so ein Art Club. Bei ihren Slams geht es um das Moslemsein in Deutschland. Das ist der Schwerpunkt.“

„Warum habe ich davon noch nicht gehört?“

„Weil du immer nur mit deinem Fußball beschäftigt bist, Mausi. Den Club hier gibt es aber auch noch nicht so lange. Angefangen hat die Bewegung in Berlin, glaub ich.“

„Gehst du öfter zu den Slams?“

„Ich war bei jeder Show bis jetzt. Mein Bruder hat mich das erste Mal mitgenommen. Na ja und dann hab ich angefangen, diese ganzen Dinge selbst aufzuschreiben.“

„Und damit gehst du dann gleich auf die Bühne?“

„Im Moment ist mir eher nach, „ich renne nach Hause, schmeiß den Text ins Klo und versteck mich unterm Bett.“

„Das ist nicht mehr möglich Sarahlein“, trällere ich.

„Warum nicht, Bahardistin?“

„Bahardistin?“

„Kommt von Sadistin“

„Du hast mich neugierig gemacht. Ich will da jetzt rein und ohne dich gehe ich nicht.“

Jetzt nehme ich sie am Arm und ziehe sie durch Grüppchen und Efeuvorhang hindurch hinein ins Theater.

Es ist warm. Sehr warm. Das liegt wohl an den vielen Leuten, die sich in dem kleinen Raum drängen als seien sie Pinguine, die sich gegenseitig wärmen müssten. Es gibt nur fünf Zuschauerbänke, aber mit Klappstühlen kann sich jeder noch einen anderen Platz im Raum oder davor suchen. Sie sitzen alle kreuz und quer, keine Ahnung, wie wir an denen vorbei kommen sollen.

„Oh, es ist zu voll, wir müssen gehen“, versucht es Sarah, dreht sich abrupt um, will losmarschieren. Ich halte sie natürlich fest.

„Kommt nicht in Frage“, nehme ich ihr die Hoffnung. In der allerersten Reihe sehe ich vier freie Plätze. Wenn Sarah Teil des Programms ist, wird dort vielleicht ein Stuhl für sie reserviert sein. Wenn ich Glück habe, ist auch noch einer für mich frei. Vielleicht ist ja jemand anderes lieber Zuhause unter seinem Bett geblieben.

Ich liege richtig. Auf zwei Stühlen klebt ein Zettel mit der Aufschrift Sarah Özcan. Das sind unsere. Sarah hält sich den Bauch während sie sich hinsetzt. Sie sieht aus, als sei sie schwanger und hätte gerade ihre Wehen bekommen. Sie atmet schwer. Wenn sie so weiter macht, denkt noch jemand, sie entbindet gleich.

Jemand tippt ihr auf die Schulter. Sie zuckt zusammen und dreht sich zum Antipper um. Etwa sechzehnjähriger Typ mit Basecap. Jetzt ist sie nicht mehr bleich. Eher das Gegenteil.

„Hey, du slamst heute? Find ich super. Ich hab dich hier schon öfter gesehen. Wusste gar nicht, dass du selbst schreibst.“

Sie erklärt ihm, dass sie gerade erst angefangen habe und ganz schön nervös sei. Er berichtet ihr von seinem ersten Slam und dass die Aufgeregtheit dazu gehöre. Danach allerdings sei man angefixt. Außerdem müsse ihr Text doch ok gewesen sein, sonst hätten sie sie gar nicht ausgewählt. Pro Slam würden über fünfzig Texte eingereicht.

Dieser Junge schafft das, was ich nicht richtig versucht habe. Sarah wird zunehmend lockerer, strahlt über das ganze Gesicht und fängt an, mit dem Typen fachzusimpeln. Irgendwann stellt er sich uns auch mal vor. Can heißt er. Er will auch von mir wissen, ob ich schreibe. Aber ich glaube, das macht er nur aus Höflichkeit. Er ist nämlich schon angefixt und zwar nicht von Poetry, sondern von meiner besten Freundin. Als Can sich irgendwann setzt, knuffe ich Sarah mit meinen Ellbogen kurz in die Seite und werfe ihr einen vielsagenden Blick zu.

„Was ist?“, fragt sie. Hat´s noch nicht kapiert, meine sonst so kluge Sarah.

„Nichts, schon gut. Ich glaube es geht los.“

Das Hintergrundrauschen hat aufgehört, die Leute fächeln sich mit ihren Programmheften Luft zu und beobachten die Bühne. Auf die strahlt jetzt ein Scheinwerfer, der für noch mehr Hitze sorgt.

Eine junge Frau, vielleicht Anfang zwanzig, kommt auf die Bühne. Wir klatschen, einige rufen „yeah“. Anscheinend ist sie bekannt. Am eher locker gebundenen Kopftuch erkenne ich sie als Pakistanerin.

„Salam! Willkommen zum vierten Offenbacher Poetry Slam.“ Aha, sie ist offensichtlich so etwas wie die Moderatorin.

„Wie ich sehe, werden wir immer mehr. Da müssen wir uns wohl langsam Gedanken über einen größeren Veranstaltungsort machen."
Raunen im Publikum, Kopfschütteln. Offensichtlich ist die Location beliebt.
„Ich freue mich auch, dass wir immer mehr Schreiberlinge hinzu bekommen, die sich auf unsere Bühne trauen. Heute ist Sarah unsere Newcomerin des Abends. Salam, Sarah, wir freuen uns schon auf deinen Auftritt."
Das Publikum klatscht, Sarah lächelt. Jetzt gibt es kein Zurück mehr.
„Wir starten mit Temesghen. Einen großen Applaus für ihn!"
Tosender Applaus, einige stehen dabei auf. Scheint bekannt zu sein. Er kommt auf die Bühne, grinst. Ein breitschultriger, muskulöser schwarzer Typ mit einigen Tattoos. Die kommen zum Vorschein, weil er seine Muskeln spielen lässt und dadurch sein T-Shirt an den Armen hochrutscht. Er nimmt das Mikro aus der Halterung und läuft damit über die Bühne. Von Nervosität keine Spur.
„Ey Gude wie?", ruft er ins Publikum.
„Gude!", rufen einige zurück und lachen.
„Sagt mal, was denkt ihr so, wenn ihr mich seht?", er trommelt mit seinen Fäusten gegen seine Brust. Das muss schmerzen bei all den Ringen an seinen Fingern. Scheint ihm aber nichts auszumachen.
„Gorilla?", fragt er ins Publikum.
Nervöses Kichern von unten..
„Muscelman?"

„Oh ja", schreit eine weiblich Stimme. Das Publikum
kreischt.
„Macho?"
„Wahrscheinlich", traue ich mich zu rufen.
Er sieht mich an.
„Ganz falsch, Süße. Ganz falsch. Ich bin Muttersöhn-
chen."
Die Zuschauer sehen sich ungläubig an.
„Jetzt ist es raus. Ja im ernst. Und das macht mir echt
gerade mehr Probleme, als Moslem zu sein. Hört zu."
Die Leute um mich herum freuen sich auf einen witzi-
gen Vortrag.
„Ich bin sogar so ein Muttersöhnchen, dass ich mit mei-
ner Anne Händchen halte."
„Nein!", rufen einige entsetzt.
Er beginnt. Er liest schnell, macht kaum eine Atem-
pause zwischen seinen Sätzen:

„Wir machen einen Shopping-Bummel, sie kauft mir
die Klamotten, wir laufen durch den Laden, wir halten
Händchen.

Wir gehen zum Arzt, wir bekommen die Grippeimp-
fung, wir gehen in das Wartezimmer, wir halten Händchen.

Wir sitzen zusammen auf der Couch, wir schauen
Nachrichten und die heute-show, ich gehe mit ihr in
die Küche, um Tee zu kochen, wir halten Händchen.

Ich komme nach Hause, sie kocht mir Alidcha, danach

gehen wir spazieren, wir halten Händchen.

Mit ihrer Hand zog sie mich aus den Trümmern unseres Hauses. Um mich nur Staub.

Mit ihrer Hand gab sie mir ihre Jacke, wenn mir kalt war. Sie muss fast erfroren sein.

Mit ihrer Hand zog sie mich schützend an sich, als wir liefen. Monatelang.
Mit ihrer Hand schlug sie auf Menschen ein, die mir drohten. Mir würde niemand Leid antun.

Mit ihrer Hand gab sie mir Essen und Wasser, das für sie bestimmt war. Sie hungerte und wurde immer dünner.

Mit ihrer Hand kitzelte sie mich und brachte mich zum Lachen. Sie ließ mich Kind sein auf unserer Flucht.

Mit ihrer Hand half sie mir aufs Boot. Zu viele Menschen, viel zu viele.
Mit ihrer Hand hielt sie mich fest, als wir kenterten. Überall Wasser und Tote.

Sie hielt mich fest. Sie ließ mich nicht mehr los.

Jetzt ist sie alt und sieht nicht mehr gut. Doch sie muss sich nicht fürchten, denn ich hab´ sie. Jetzt halte ich ihre Hand.“

Das Publikum schweigt. Für fünf Sekunden. Dann
steht es auf und bricht in Beifall aus. Einige haben Tränen in den Augen. Ich bin einfach nur schockiert.
„Vielen Dank Temesghen, euer Schicksal wird uns noch
lange begleiten", die Moderatorin atmet hörbar ein.
Dann blickt sie zu Sarah.
„Ich kann doch nicht jetzt gleich nach ihm. Das geht
doch nicht."
Jetzt ist sie wirklich richtig weiß im Gesicht. Ich lege
meine Hand auf ihre Schulter. Das soll sie beruhigen,
aber sie sieht mich verzweifelt an.
„Aber kommen wir nun zu unserer Sarah. Sie muss
nicht bis zum Ende warten. Wir nehmen sie in unsere
geschätzte Mitte. Sarah, kommt zu uns auf die Bühne.
Einen fetten Applaus für Sarah!"
Die Leute klatschen, einige rufen ihren Namen.
„Allah, steh mir bei", höre ich leise neben mir.
Aber dann steht sie schon auf der Bühne. Ich würde am
liebsten auch aufspringen und allen zurufen: „Das ist
Sarah, meine beste Freundin seit dem Sandkasten."
Sarah steht vor dem Mikrofon, den Zettel in der Hand.
Er zittert.
Ob sie so überhaupt etwas ablesen kann? Sie fängt
leise an:

as salāmu alaikum,
wa alaikum us salām,
mein Name ist Sarah Saygun,
und ich fange gerade erst an.

Die Zuschauer nicken und fangen an zu klatschen. Ihre
Stimme   wird   jetzt   lauter:

as salāmu alaikum,
wa alaikum us salām,
ja ich bin eine Muslimin,
aber keine, die gerade erst kam.
as salāmu alaikum,
wa alaikum us salām,
ich wurde hier geboren,
im Land der Angst vor dem Islam.
as salāmu alaikum,
wa alaikum us salām,
sie sagen, die kann einem nur leidtun
das Kopftuch beweist ihres Vaters Zwang.
as salāmu alaikum,
wa alaikum us salām,
Asiaten sind gebildet, bringen Reichtum,
Türken verkaufen nur Gemüse am Stand.
as salāmu alaikum,
wa alaikum us salām,
Lehrerin will ich werden,
sie sagen, ich soll nähen am Band.
as salāmu alaikum,
wa alaikum us salām,
sie glauben wir könnten ihnen Gewalt tun
Bomben bauen in unserem Hamam.
NEIN!
Sie schreit es ins Mikro, ich falle fast vom Stuhl.
as salāmu alaikum,

wa alaikum us salām,

salam bedeutet Frieden,

und ist kein Zeichen für Boko Haram.

as salāmu alaikum,

wa alaikum us salām,

mein Glaube ist mein Reichtum

Hass, der ist nur Schlamm.

as salāmu alaikum,

wa alaikum us salām,

mein Name ist Sarah Saygun

und ich fange gerade erst an.

Sarah ist fertig. Nichts ist mehr übrig von meiner zittrigen Freundin von vor einigen Minuten. Ich sehe mich um, die Zuschauer lächeln anerkennend, als sie ihr applaudieren. Einige sind aufgestanden. Als meine neue Liebligsdichterin sich wieder neben mich setzt, klopft ihr Can anerkennend auf die Schulter.
„Kein schlechter Einstand", murmelt er ihr ins Ohr.
Sarah strahlt bis über beide Ohren. Bei den weiteren Beiträgen wirkt sie gelöst.
Sie klatscht, ruft rein und fachsimpelt mit ihrem neuen Freund.

Ben

Wo sie wohnen, weiß ich ja schon. Wieder stehe ich vor ihrem Fenster. Wie neulich, als das mit dem Hund passierte. Diesmal verstecke ich mich lieber hinter einem

177

Baum. Nicht, dass sie Zuhause ist und mich sieht. Aber in ihrem Zimmer ist es dunkel. Ich sehe auch in die anderen Fenster. Ich erkenne ein Wohnzimmer: Große Couch, Bücherregal, Fernseher. Nichts Außergewöhnliches. Niemand ist drinnen, aber das Licht ist an. Sicher kommt jemand gleich herein. Ich warte. Und warte. Es passiert nichts. Ich sehe auf die Uhr und beschließe, noch genau fünfzehn Minuten hier stehen zu bleiben und dann wieder zu gehen. Irgendwohin, wo ich mich setzen kann. In den Bus oder so. Mir fällt das Stehen schwer. Ich lehne mich etwas an den Baum, der ist eine verlässliche Stütze. Auch wenn es da unten etwas nach Hinterlassenschaften von Hunden riecht. Immer wieder sehe ich auf meine Uhr. Der Zeiger scheint sich nicht von der Stelle zu bewegen. Kaputt? Ich fange an, mein Handgelenk zu schütteln, um die Batterie und damit die Zeit in Gang zu setzen. Tick. Der Zeiger ist um eine Minute nach vorne gerutscht. Sensationell. Ich sehe wieder zum Fenster. Ein Schatten huscht an der Wand entlang. Kam der vom Fernseher? Gebannt starre ich auf die Lichter im Raum. Ein Räuspern. Eine Frau läuft an mir vorbei. Sieht von mir zum Fenster und wieder zurück.

„Ja, ja, seufzt sie. Da müsste auch mal die Polizei vorbeischauen. Kennst du das Mädchen?“

„Ähm, nein. Ich, ehm, nein.“, stammele ich vor mich hin und mache, dass ich davon komme.

„Tschüss“, verabschiedet sich die Frau überschwänglich von mir und schließt die Tür zum Nachbarhaus auf.

Ich hätte sie fragen müssen, wie sie das meint. Was das mit der Polizei soll. Hab mich halt erschrocken als sie plötzlich so vor mir stand. Ich bin jetzt halb um das Haus herum gegangen. Und dann sehe ich sie. Es ist offensichtlich die Küche. Tayfun sitzt am Tisch und isst. Vielmehr schaufelt er sich etwas hinein. Scheint Hunger zu haben. Kein Wunder, bei all dem Sport. Irgendwoher muss der Muskelaufbau ja kommen. Ich wünschte, ich könnte auch mal wieder so essen. Aber auch jetzt gerade verspüre ich wieder mal eher Übelkeit als Hunger. Zumindest habe ich heute Abend etwas Reis mit Gemüse geschafft. Den Rest meines Tellers hat Mama für mich übernommen. Schien ihr aber nicht so zu schmecken wie sonst alles in den letzten Wochen. Ich habe lieber nicht in ihre Augen gesehen.

Ein Mann und eine Frau sitzen mit ihm am Tisch. Sie sind mit dem Essen schon fertig. Die Frau steht auf und holt sich und ihm einen Tee. Traditionelle Rollenaufteilung also? Sie trägt aber kein Gewand oder ein Kopftuch. Unwahrscheinlich, dass sie Bahar dazu gezwungen haben, wenn ihre Mutter auch keins trägt. Vielleicht kommt es vom Vater, schließlich lässt er sich auch von seiner Frau bedienen. Er lacht. Sie alle lachen. Jemand scheint etwas Lustiges gesagt haben. Bahars Mutter steht auf, räumt die Teller von Tayfun und ihrem Mann ab und verschwindet aus dem Raum. Auch Tayfun steht auf, der Mann bleibt sitzen. Was mache ich jetzt? Ich laufe los, wieder um das Haus herum. Tayfun hat sich in das Sofa gefläzt. Der Fernseher läuft. Ist das *Germanys Next Topmodel*, was er da guckt? Ich glaub's ja nicht. Jetzt popelt er auch noch in der Nase herum. Ich lache nicht mehr nur in mich hinein, sondern laut auf. Der große Tayfun ist also auch nur ein Mensch.

Wieder läuft eine Frau an mir vorbei. Sie grüßt mich. „Guten Abend.“

„Abend“, antworte ich ihr und sehe sie nur kurz an. Es ist Bahars Mutter. Sie hatte ich ganz aus den Augen verloren. Während Tayfun das Rollo herunterlässt, um sich weiter unbeobachtet die Popel aus dem Körper zu ziehen, ist Bahars Mutter schon die Straße runter gelaufen. Dabei ist sie nicht besonders schnell, denn sie hat den kleinen Mops dabei. Er will natürlich überall dran schnuppern und seine Zeichen setzen.

„Nicht in den Garten, Georgie. Du musst bis zur Wiese warten“, versucht sie ihn zu überzeugen. Georgie ist nun auch nicht gerade ein sehr muslimischer Name. Außerdem spricht sie deutsch mit ihm und nicht türkisch. Trotzdem folge ich Bahars Mutter. Detektiv - auch eine Berufsidee. Ich sammle Beweise, um sie später Timo auf den Tisch legen zu können, wenn der wieder mit seinem „bloß keine Muslimin“-Scheiß kommt.

Das Laufen fällt mir leichter, als irgendwo herum zu stehen. Ich passe natürlich auf, dass ich weit genug hinter ihr bleibe, damit sie mich nicht bemerkt. Obwohl es erst neun ist, ist hier kaum noch jemand auf der Straße. Stadtrand halt, eigentlich wie im Dorf hier. „Da liegt der Hund begraben“, würde Papa sagen. Georgie allerdings ist nicht begraben, er fängt an zu graben. In einem Vorgarten.

„Georgie, das sollst du doch nicht. Wie oft muss ich das noch sagen?“

Sie zieht ihn an der Leine aus dem Beet. Er jault und hechelt immer abwechselnd. Sie sieht sich um, wahrscheinlich um sicherzugehen, dass niemand Georges

Aktion mitbekommen hat. Schnell ducke ich mich hinter einen Bulli. Ich muss nicht allzu sehr in die Knie gehen und kann sie irgendwann durch die Fenster weiterbeobachten. Sie hat einen Zahn zugelegt und biegt schon um die nächste Ecke. Ich muss mich sputen, sonst verliere ich sie. Als ich sie wieder im Blickfeld habe, läuft sie flink die Straße entlang. George schleift sie schonungslos hinter sich her. Sie will wohl auch noch die Entscheidung bei *Germanys Next Topmodel* mitbekommen oder sie muss aufs Klo. Sie kramt in ihrer Tasche und holt ein Handy heraus. Während sie weiter im Nordic Walkingschritt weiterläuft, telefoniert sie und schaut sich zu mir um. Professionell, wie ich Ermittler bin, fange ich an Klingelschilder zu studieren und so zu tun, als würde ich hier gerade jemanden besuchen wollen. Ich warte kurz, laufe weiter. Bahars Vater direkt in die Arme.

„Der hier?", schreit er.

„Ja, er verfolgt mich schon die ganze Zeit."

Ich erschrecke mich so, dass ich nicht rechtzeitig wegkomme. Er packt mich am Kragen.

„Was willst du von meiner Frau?", schreit er mich an. Sie kommt dazu.

„Hast du es auf meine Tasche abgesehen? Hier hast du sie." Sie schlägt damit auf mich ein. Irgendetwas Schwereres ist darin. Jedenfalls tut es weh. Aber viel schlimmer ist, dass sie mich für einen Dieb halten.

„Das ist eine Missverständnis", rufe ich. „Ich kenne ihre Tochter. Ich kenne Bahar."

„Verfolgst du sie etwa auch?", fragt er mich. Er lässt aber jetzt von mir ab.

„Nein, ich wollte nur, ich dachte…“

Mensch, was ist heute mit mir los, dass ist so herumstammle? Aber was soll ich jetzt auch sagen? Dass ich seine Frau beobachtet und verfolgt habe, um festzustellen, ob sie strenge Muslime sind oder nicht? Wie albern ist das eigentlich? Dafür kann ich mich jetzt bei Perle16 und AisheSporthuhn bedanken.

„Bahar hat ihren USB-Stick in der Schule vergessen und ich wollte ihn ihr bringen.“

Ich krame meinen Stick aus der Tasche, drücke ihn ihrem Vater in die Hand und laufe davon. Richtung Bus. Ich habe Glück, er fährt gerade vor. Wenn ich die Beine in die Hand nehme, erwische ich ihn noch. Ich gebe alles. Kurz bevor ich reinspringen will, höre ich noch Bahars Mutter.

„Aber er ist gar nicht in Bahars Klasse. Da müsste ich ihn doch kennen.“

Kapitel 12: Übelkeit ja, Ausfall nein

Bahar

Der Tag hat sich ausgeslamt. Jetzt sind wir auf dem Weg nach Hause. Mir geht's gut, Sarah sowieso. Sie redet pausenlos über Can.
„Wie fandest du ihn?", will sie von mir wissen.
„Echt nett".
„Und sieht er nicht gut aus?"
„Ist jetzt nicht mein Typ, aber man könnte das schon sagen."
„Warum bist du so kurz angebunden?"
„Sorry, bin noch in den Slams drin, irgendwie."
„Welche haben dir am meisten gefallen?"
„Neben deinem, irgendwie insgesamt alles."
„Ein bisschen präziser bitte."
„Irgendwie ist das wie eine große Selbsthilfegruppe für Muslime, oder"?
„Wie meinst du das jetzt?"
„Ich meine, ich hab mich da echt wiedererkannt manchmal. Hat irgendwie gut getan. Man sieht, dass man nicht allein ist mit dem ganzen Zeug."
„Ja, oder? Das geht mir auch immer so. Weißt du, was ich am Witzigsten finde?"
„Ne."
„Wir alle werden wie Ausländer behandelt, obwohl die meisten von uns Deutsche und auch schon hier geboren sind. Dabei lieben sie ihr Land, vor allem ihre deutsche Sprache. Und zwar so sehr, dass lauter kleine Goethes aus ihnen geworden sind. Deutscher geht's doch gar

nicht, oder? Das soll uns mal so ein Bio-Deutscher nachmachen.“

Ich muss lachen. Lauter kleine türkische und arabische Goethes. Meine Freundin hat Recht.

„Es ist nur schade, dass die Texte nicht von den Bio-Deutschen gehört werden. Es ist ja gut, dass wir uns gegenseitig austauschen können, aber ändern wird sich so nichts.“

Sarah denkt anscheinend schon weiter.

Sie hört sich gerade an wie die junge Hillary Clinton.

„Willst du etwas dagegen unternehmen?“, frage ich sie.

„Mal sehen. Mein Name ist Sarah Saygun und ich fange gerade erst an. Ist klar, oder?“

Sie bringt mich wieder zum Lachen. Dann gehen wir eine Weile schweigend nebeneinander her.

„Du Sarah, darf ich dich mal etwas fragen?“

„Schieß los.“

„Warum trägst du nochmal ein Kopftuch?“

Sarah trägt es seit einem Jahr.

„Es ist einfach Ausdruck meines Glaubens. Nicht mehr und nicht weniger. Es ist Auslegungssache, ob der Koran das Kopftuch vorschreibt oder nicht, aber ich verstehe den Vers so. Und da hatte ich dann irgendwann eine Art inneres Bedürfnis, diesem Gebot zu folgen.“

„Stören dich nicht die ganzen Sprüche? Mich macht das gerade wahnsinnig.“

„Ja, klar. Ist halt der Stoff, aus dem die Vorurteile sind. Viele denken ja, man wird von seinen Eltern dazu gedrängt oder gezwungen, eins zu tragen. Und ich kenne auch eine, wo das so ist. Aber meine Anne hat gesagt, ich könne das selbst entscheiden.“

Ich will wissen, wie die ersten Tage mit Kopftuch für sie waren.

„In der Moschee habe ich schon immer eins getragen, von daher war das Tragen an sich erstmal nicht ungewöhnlich für mich. Aber es ist natürlich eine ganz andere Sache, damit auch außerhalb der Moschee aufzutreten. Am Anfang war es schwer. Also so allgemein draußen nicht unbedingt, ich bin ja hier nicht die einzige. Aber in Räumen und bei direktem Kontakt bekomme ich oft diese Blicke. Neugierige sind kein Problem, die würde ich auch bekommen, wenn ich mir die Haare pink gefärbt hätte. Aber diese Blicke sind oft angewidert oder sogar ängstlich. Das tut schon weh. Und dann sind da all diese Fragen und Kommentare. Ich habe oft geheult und war manchmal kurz davor, es doch wieder abzunehmen. Aber dann war ich doch irgendwie zu stolz dazu.“

Sie lächelt.

„Inzwischen mache ich es so: Die absurdesten und skurrilsten Sprüche zu meinem Kopftuch schreibe ich auf. Immer wenn jemand etwas Verletzendes sagt, versuche ich mir zu sagen: Vielen Dank auch, wieder etwas für meine Sammlung. Vielleicht kann ich dann etwas davon für meine Slams verwenden. Das hilft mir. Also meistens. An vieles gewöhnt man sich auch einfach.“

„Was haben denn Leute schon so zu dir gesagt?“

„Na ja, neben den üblichen Terrorismusvorwürfen wurde ich schon gefragt, ob ich das Kopftuch beim Duschen aufbehalten muss oder ob ich mir überhaupt die Haare wasche.“

„Nicht im ernst.“

„Doch. Süß war mal ein kleines Mädchen. Die fragte mich, warum ich denn ein Kopftuch trage. Ob ich vielleicht darunter goldene Haare verstecke?“

„Wie niedlich.

„Ja, das schon. Aber insgesamt bin ich doch seit ich ein Kopftuch trage für die Leute zu hundert Prozent Ausländerin. Fühlst du dich jetzt auch manchmal wie eine Außerirdische im eigenen Land?“

„Ich habe längst aufgegeben, keine zu sein. Darf ich mich vorstellen? ET´s kleine Schwester.“

Sie grinst.

„Tayfun ist doch gar nicht so schrumpelig.“

Wir fangen an zu kichern. Eines muss ich Sarah aber noch fragen.

„Was machst du, wenn du später wegen des Kopftuchs nicht als Lehrerin eingestellt wirst?“

„Das weiß ich noch nicht. Irgendwie hoffe ich, dass sich bis dahin alles etwas entspannt. Ich meine, es müsste doch eigentlich zählen, was man sagt und nicht, was man trägt, oder?“

Ich hoffe, sie hat Recht. Sicher bin ich mir aber nicht.

„Und jetzt bist du dran Bahar. Warum trägst du jetzt eins?“

Ich berühre den Stoff an meinem Kopf. Dann sehe ich Sarah an, dann meine Füße, dann auf den Fluss. Dann nehme ich das Kopftuch ab und gebe es ihr.

„Ehrlich gesagt wollte ich damit nur meinen Onkel ärgern.“

„Typisch Bahar“, lacht sie und knufft mir in die Seite.

„Was ist eigentlich mit diesem Ben?“, fragt sie mich.

„Ja, ja, dieser Ben. Der ist auch einer von denen. Eindeutig kein Außerirdischer wie wir."

Ben

Das mit Bahar ist schon komplett im Eimer, bevor es überhaupt angefangen hat. Sie glaubt, ich hätte sie wegen des Kopftuchs ausgelacht. Ihre Mutter denkt, ich sei ein Dieb oder so etwas und ihr Vater ist auch alles andere als gut auf mich zu sprechen. Ich sitze im Bus, stütze meinen Ellenbogen am Fenster ab und vergrabe meine Stirn in der Hand. Lieber würde ich sie davor hauen. Hart und gerecht. Aber dazu bin ich jetzt auch viel zu müde. Ich bin froh, dass ich hier sitzen kann und die Klimaanlage meinen Schädel kühlt. Fast verpasse ich meine Haltestelle. Ich bin kurz davor, einzuschlafen. Es muss betrunken aussehen, wie ich aus dem Bus, über die Straße bis zu unserem Haus taumele. Zuhause schmeiße ich mich erschöpft neben meine Schwester auf die Couch. Sie schaut dasselbe wie Tayfun und vielleicht jetzt auch seine Eltern. Falls sie nicht gerade auf dem Polizeirevier sitzen und mich wegen Stalking anzeigen. Die Entscheidung hat noch nicht angefangen, die Models bestehen noch ihre Prüfungen. Langweilig. Ich finde die mit Daunen gefüllten äußerst gemütlichen Couchkissen viel interessanter. Ich dämmere vor mich hin und schlafe schließlich mit Sophies Kommentaren als Hintergrundrauschen ein.
„Die lassen die jetzt nicht wirklich als Schaufensterpuppen posieren. Ich fasse es nicht, warum tun sie sich das an?" „Die ist zu dick? Ich glaub ich spinne. Hoffentlich

sieht Mama das nicht, die geht gleich wieder auf Diät."
Ich wache in meinem Bett auf. So muss es sein, wenn
man K.O.-Tropfen in die Cola bekommt. Unheimlich
diese Filmrisse.
Zu blöd, dass ich mich dann doch wieder an gestern erinnern kann. Ein Blick nach vorne auf den heutigen Tag
ist auch nicht angenehmer. Erst Chemo, dann verspätet
zur Schule. Später Parkour. Immerhin. Jetzt drehe ich
mich aber lieber noch mal auf die andere Seite. Solange
mich niemand weckt, kann ich noch so tun, als wäre
nichts. Das geht ganze fünf Minuten gut.
Jemand tritt von außen gegen die Tür. Und noch mal.
Der Türgriff zuckt einmal kurz nach unten, die Tür öffnet sich aber nicht. Dann wiederholt der Griff seine Bewegung. Diesmal ganz langsam. Meine Mutter kommt
rückwärts zur Tür herein, vor ihr trägt sie ein Tablett.
„Frühstück, Schatz", flüstert sie leise. Sie setzt sich wackelig zu mir auf die Bettkante, wartet bis ich mich aufgesetzt habe und hievt dann das Tablett über meine
Beine. Es sieht gut aus, was da steht. Eine dampfende
Tasse Kakao, eine Tasse schwarzen Kaffee, vermutlich
für Mama. Laugencroissants, Butterbrioche, Schwarz-
brot und meine Lieblingsrosinenbrötchen. Dazu
Nutella, Honig, Käse und Aufschnitt. Natürlich auch
zwei Gläser Saft. Frisch gepresst, da bin ich mir sicher.
„Wer sagt denn, dass man es sich vor einer Chemo nicht
noch mit seinem Lieblingssohn gemütlich machen
darf?", fragt sie. Ich wünschte, ich könnte ihrem Bedürfnis nach einem dankbaren, schwachen Jungen gerade nachkommen. Aber ich kann nicht. Ich bin einfach
mies drauf. Schon das Wort Chemo führt dazu, dass mir

Speiübel wird.

„Mama, du weißt doch, dass ich nichts frühstücke. Das bringt doch auch eh alles nichts. Gemütlich. Toll. Ich kann nicht mal den Kakao riechen. Von sowas wird mir schlecht."

Ich springe so ruckartig auf, dass ein Gemisch aus Orangensaft, Kaffee und Kakao die Croissants und das Brot komplett durchweichen. Ich renne aus dem Zimmer über den langen Flur ins Bad. Das ist zu weit. Viel zu weit. Aber ich schaffe es bis zur Tür. Nur um festzustellen, dass sie verschlossen ist. Drinnen flötet Sophie. Draußen kotze ich mein nicht gegessenes Frühstück vor die Tür. Ich kauere mich auf den Boden. Schon ist meine tränenüberströmte Mutter an meiner Seite und umarmt mich. Ihr ist egal, dass dadurch auch Spucke auf ihre weiße Bluse kommt.

„Bald ist alles wieder gut, alles wird wieder gut", weint sie vor sich hin. Will sie mich trösten, oder sich?

„Ich will jetzt einfach zu dieser verdammten Chemo und später zum Parkour, lass uns los", bestimme ich und stehe auf.

„Und die Schule?", ruft sie hinter mir her als ich wieder Richtung Zimmer gehe.

„Nein, danke. Die ist gecancelt.", ich habe meine Entscheidung getroffen.

Während ich die Tür zu meinem Zimmer schließe, um mich umzuziehen, höre ich das Quietschen meiner Schwester. Muss ins Erbrochene getreten sein. Geschieht ihr Recht. Was schließt sie auch die Tür ab?

Der Doc nimmt mich wie immer genau unter die Lupe.

„Haarausfall? Übelkeit?"

„Übelkeit ja, Ausfall nein."

Er greift in mein Haar und zieht etwas. Einige blonde Haare verheddern sich um seine Finger.

„Ja doch, könnte langsam losgehen", sagt er

Was meint er mit „könnte losgehen?" Ich frage ihn nicht, keine Lust auf die Antwort. Der soll mal flott machen, ich will hier raus. Nicht zur Schule gehen zu müssen gleich, ist eine ganz gute Aussicht. Ich kann meinen freien Tag kaum erwarten.

Die Infusion zieht sich natürlich mal wieder hin. Ich starre wie immer in mein Buch und lese Seite fünfunddreißig zum fünfunddreißigsten Mal.

„Hi, auch wieder hier?"

Nein, bitte, bitte nicht ansprechen.

„Ja klar und selbst?"

„Offensichtlich." Der andere Krebskranke gibt seinen Smalltalk Versuch auf.

Irgendwann ist es vorbei. Infusion Nummer fünf überstanden. Perfekt. Jetzt schnell etwas trainieren, bevor die Nebenwirkungen losgehen. Ich habe etwa zwei Stunden.

Mama wartet wieder in der Cafeteria. Dort hat sie bestimmt das verpasste Frühstück nachgeholt. Nein, es steht nur ein Glas Wasser vor ihr. Mama berichtet mir, sie habe Herrn Batusiak angerufen und ihn darüber informiert, dass ich während der Chemo nicht mehr komme. Er wünsche mir „alles Gute dieser Welt" und „glaube an mich". Ja, ja, bla, bla. Ich sehe ihn vor mir, wie er es meiner, wie auch allen anderen Klassen der Schule, mitteilt und den Schülern rät, mir Genesungskarten zu schreiben oder mich zu besuchen und einfühlsam auf mich einzugehen. Ich hoffe es bleibt dabei, dass sie mir lieber aus dem Weg gehen. Weil sie Angst haben, dass ich direkt vor ihren Füßen sterbe.

„Was hat der Arzt gesagt?", fragt sie mich.

„Dasselbe wie immer", antworte ich ihr.

„Was willst du jetzt machen?"

Ich bin nicht so dumm, ihr zu sagen, dass ich trainieren will. Also wünsche ich mir, nach Hause zu fahren, ich wolle etwas lesen. Ich muss eh noch meine Sneaker und die Sportsachen holen. Die konnte ich schlecht mit ins Krankenhaus schmuggeln.

Sie fährt mich und will noch mal ganz genau wissen, was der Doc gesagt hat. Die Sache mit den Haaren erzähle ich ihr nicht. Ich raufe sie mir aber selbst noch mal, um sicherzugehen, dass der Doc übertrieben hat. Es sind zwei, drei Haare in meiner Hand, aber das kann man jetzt echt nicht als ernsthaften Haarausfall bezeichnen.

Zuhause angekommen, gehe ich in mein Zimmer und gebe vor, lesen zu wollen. Meine Mutter drückt mir noch eine Tüte Zwieback in die Hand und kündigt an, sie werde mir jetzt etwas kochen. Ich gehe in mein Zimmer, schließe die Tür ab und drehe die Musik voll auf. Sie wird denken, ich sei eingeschlafen, wenn sie an die Tür klopft.

Langsam dämmert mir, dass ich frei bin. Frei von der Schule und von den Deppen dort. Wenn ich jetzt an den Hafen gehe, um meine Strecke weiter auszuarbeiten und meine Tic-Tacs zu trainieren, wird da um diese Zeit kaum etwas los sein. Optimale Bedingungen also.

Innerhalb von fünf Minuten habe ich meine Trainingsklamotten an. Ich öffne das Fenster, springe auf das Garagendach und von dort über das Autodach meines Vaters auf die Straße und weg bin ich. Ich schaffe es sogar, zu laufen. Also schnell. Kaum zu glauben. Was ist los mit Euch ihr Chemokeulen? Schwächelt ihr oder was? Kein Problem, ruht euch aus. Heute übernehme ich mal euren Job. Ihr könnt ja morgen weitermachen.

Ich laufe in relativ hohem Tempo bis zur Berliner. Ab der Ampel gehe ich in einen schnellen Schritt über. Ich bin inzwischen schlauer und weiß meine Kräfte einzuteilen. Muss ja noch etwas übrig sein, wenn ich im Hafen ankomme. Dort ist tatsächlich keine Menschenseele. Der Hafengarten blüht und wächst allein vor sich hin, Ruderboote hängen verlassen vor einem Bootshaus und die Baukräne kümmern sich weit hinten um neue Wohnhäuser. Die alten Fabrikhallen und den verlassenen Lokschuppen habe ich also für mich allein. Die nehmen sich die Abrisskrallen später vor. Jetzt werden sie von mir noch mal zum Leben erweckt.

Ich werde hier meine Tic-Tacs üben. Vor Tagen habe ich mir das schon überlegt, als ich mit Sophie im Biergarten saß. Ich gehe einmal um den Lokschuppen herum. Er besteht aus zwei Teilen. Einer großen Halle mit einem Garagentor, auf dem eine „2" gesprayt ist. Das ist noch aus den Zeiten, als hier ein Kulturzentrum war. Das ist mit einem neuen Gebäude ein Stück weiter den Fluss runter gezogen. Eine riesen Spendenaktion gab es dafür. Meine Eltern haben sich auch beteiligt. In der Halle gab es früher Konzerte und Kinovorführungen. Ein, zweimal war ich auch mit meinen Eltern dort, als es mal eine Lesung gab. Was soll ich sagen? Das Gebäude hat mich mehr interessiert als der Autor, der extra angereist war und signieren wollte.

Vorne wird das Gebäude etwas schmaler. Es besteht aus einer Glasfront, einer großen Tür und einer kurzen Rampe. Hier war früher das Café drin. Vor der Rampe ist ein Treppengeländer und davor stehen drei Autowracks. Eine Ente, ein Käfer und ein Polo. Ihre früheren Besitzer haben sie anscheinend komplett vergessen. Ich verurteile sie nicht. Ganz und gar nicht. Denn genau hier kommen meine Tic-Tacs ins Spiel. Mein Plan: Ich nehme Anlauf auf der Rampe, stoße mich am Geländer ab und überfliege die drei Autos. Hört sich stuntmäßig an? Ist es auch. Die größte Herausforderung dabei ist die relativ kurze Rampe. Bekomme ich da beim Anlaufen genug Geschwindigkeit, um mich kräftig abzustoßen? Die zweite Schwierigkeit ist natürlich Herr Krebs. Der könnte im ungünstigen Moment zustechen oder die Chemokids aufwecken. Mein Adrenalin würde sie heute aber ausknocken, bevor sie richtig wach sind. Da bin ich mir sicher. Also klettere ich die Rampe hoch. Ich laufe sie fünfmal locker entlang und stoße mich nur ansatzweise mit dem Fuß ab. Ich will einschätzen, ob ich es wirklich über die Autos schaffen kann und welchen Sprungwinkel ich dazu brauche.

Jetzt wird's ernst. Ich stehe am Anfang der Rampe. Ich atme tief ein und aus und starre auf mein Ziel: Der Rasen hinter dem letzten Auto, dem Polo. Ich klatsche in die Hände und spurte los, stoße mich ab und fliege. Es reicht bis zum ersten Auto. Ich lande auf dem Dach der Ente. Mit beiden Beinen voran, also nicht so schlimm.

Ich muss nur aufpassen, dass ich nicht abrutsche beim wieder Runtersteigen. Als ich wieder zur Rampe gehe, überlege ich, wie ich weiter kommen kann. Die Geschwindigkeit kann ich nicht groß beeinflussen, dafür ist die Rampe einfach zu kurz. Aber ich könnte den Sprungwinkel verändern. Ich muss etwas weniger nach oben springen, dafür mehr in die Weite.
Ich stehe wieder da. Atmen, Ziel anpeilen, klatschen, rasen, springen. Ich lande auf dem Käfer, aber nur knapp, so dass ich abrutsche und zwischen Ente und Käfer falle. Das tat weh. Ich bleibe kurz liegen, um meine Luft wiederzufinden. Ich weiß, dass der Winkel im Prinzip jetzt stimmt, ich brauche aber mehr Geschwindigkeit. Ich beschließe, eine kurze Pause einzulegen, bevor ich weitermache. Immer schön die Kraft einteilen.
Ich habe einen riesen Durst jetzt, aber natürlich nichts zum Trinken dabei. Schlechte Vorbereitung. Der nächste Leuchtturm-Kiosk befindet sich etwa einen Kilometer den Main runter. Mir bleibt nichts anderes übrig. Ich marschiere los. Gar nicht schlecht, um meine Beine etwas zu lockern, bevor ich meine zweite Trainingseinheit beginne.

Bahar

Sarah ist immer noch total hyper hyper wegen gestern. Sie hat sich ein Dauergrinsen aufgelegt und die anderen in der Klasse sehen sie immer wieder mit fragenden Blicken an. Sogar Frau Hermes hat sie schon gefragt, was sie so glücklich mache heute Morgen.

„Nichts weiter, die Sonne scheint, ist das nicht schön?"
Alles sieht nach draußen. Sie schütteln mit dem Kopf.
Ich muss laut lachen. Dann geht es weiter im Unterricht.
In der Pause setzen wir uns zusammen auf die Lehne
einer Bank, unserem Stammplatz. Wir albern herum. Sie
zieht mich auf, ich sie. Als ich ihr in die Seite stoße, ver-
liert sie ihr Gleichgewicht. Während sie rückwärts von
der Bank kippt, hält sie sich an mir fest. Wir hören den
ganzen Schulhof lachen, als wir beide nebeneinander
zwischen den Sträuchern landen. Da bricht es auch aus
uns heraus. Ein hysterischer Lachflash. So einer, bei
dem es unmöglich ist, wieder hochzukommen. Also liegen wir da so auf der Erde und kugeln uns und ringen
nach Luft und weinen. Irgendwann sind die anderen da,
stehen über uns, einige weinen ebenfalls und helfen uns
auf. Lachend picken wir uns gegenseitig das Grünzeug
und die Erde von der Kleidung.
Im Unterricht fällt es uns schwer, nicht immer wieder
los zu prusten.
„Also, dass kann jetzt aber nicht alles von der Sonne
kommen", vermutet Frau Hermes.
Da hat sie wohl Recht.
Nach dem Lachvormittag kommen wir ausnahmsweise
mal glücklich aus der Schule. Eingehakt gehen wir in die
Fußgängerzone. Sarah hat Lust auf eine Pommes von
der Bude am Aliceplatz. Die Schlange ist mal wieder
lang. Kein Wunder, jeder Offenbacher weiß, dass sie
hier am besten sind. Ich nehme meine halb, halb, sie nur
mit Ketchup. Mit unseren Schalen setzen wir uns auf
einen der roten Gummistühle vor der Bude. Wir reden
weiter über die Schule. Als wir uns vor Lachen fast an

den Pommes verschlucken, lassen wir das Reden aber erstmal sein. Ohne es zu wollen, hören wir einem Gespräch am Nachbartisch zu. Ein Mann in Anzug, eine Frau mit Rock und Bluse. Wahrscheinlich sind sie aus dem Rathaus oder einer der Anwaltskanzleien in der Kaiserstraße und machen gerade ihre Mittagspause.

„Schön, dass es hier so belebt ist trotz der vielen Ladenleerstände", sagt sie.

„Ja schon, aber es kommt auch darauf an, wer hier so ist", meint er.

„Wie meinst du das?"

„Meine Mutter kommt nicht mehr in die Innenstadt. Zu viele Kopftücher, findet sie."

„Na und, sind doch auch total viele Europäer dabei. Die kennt sie doch bestimmt schon aus ihrem Italienurlaub."

Die Frau sieht Sarah und mich kurz an und nickt uns zu.

„Man sollte als Politikerin die Ängste der Leute schon ernst nehmen, Charlotte."

„Wovor haben sie denn bitte Angst?"

„Oh, jetzt mach nicht wieder einen auf Multikulti-Gutmensch."

Sie stehen auf, schmeißen ihre Pappschalen in einen Mülleimer und gehen. Sarah sieht nicht mehr so glücklich aus, wie noch vor ein paar Minuten. Ich will etwas sagen, mich aufregen und schimpfen. Am liebsten laut, so dass er es noch hört, der Anzugstyp mit der komischen Mutter.

„Sag jetzt nichts, Bahar. Ich bin das gewohnt."

Ich nehme ihr diese Gelassenheit nicht ab. Ihre Augen verfolgen traurig, nein resigniert, die vorbeiziehenden

Leute. Die Hälfte der Pommes liegt noch in ihrer Schale, aber sie isst sie nicht mehr.

„Kannst du nicht mehr?", frage ich sie.

„Ne, nimm du." Sie schiebt mir ihren Rest vor die Nase. Ich tunke die Pommes in meine restliche Mayo. Während ich esse, schweigen wir.

„Ich frage mich, wie sie sich fühlen würden, wenn solche Sprüche über sie gemacht würden", bricht es plötzlich aus Sarah heraus.

„Mit Sicherheit hätten sie wahnsinniges Verständnis für unsere Ängste vor all diesen furchtbaren Blondschöpfen", bin ich der Meinung.

Jetzt habe ich doch wieder zumindest ein kleines Zucken ihrer Mundwinkel nach oben erreicht. Aber das reicht mir nicht. Nach so einem grandiosen Start in den Tag darf er nicht mies enden.

Ich ziehe meine Freundin hoch, entsorge unseren Müll und hake sie wieder unter. Sie will sich in Richtung Bushaltestelle bewegen, aber ich ziehe sie ins Einkaufzentrum.

„Willst du noch was kaufen? Ich muss eigentlich nach Hause, Hausaufgaben und so."

„Nur kurz noch etwas bummeln, ok?"

„Na gut, weil du es bist."

Langsam laufen wir an den Schaufenstern der Geschäfte entlang. An dem vom Buchladen stehen schon mehrere Menschen. Ich fange an.

„Also hier geht es ja noch, aber in die Fußgängerzone kann man ja gar nicht mehr gehen. Da sind nur noch Deutsche. Bald gibt es da nicht mal mehr eine türkische Bäckerei", schreie ich Sarah zu.

Sie zuckt zusammen. Im Gegensatz zu ihr starren mich die anderen Leute nur kurz an. Sehen dann wieder weg. „Aber das ist ja auch kein Wunder, immer gibt es für diese Deutschen eine Extrawurst. Faschingsfeiern in der Schule und an Weihnachten bekommen sie sogar frei."
Jetzt sehen auch die Gäste eines Eiscafés zu uns rüber. Einige runzeln die Stirn. Sarah kommt zu mir rüber.
„Was…." setzt sie ihre Frage an. Dann versteht sie und grinst.
„Versuchs auch mal, tut gut", flüstere ich ihr zu. Sie senkt ihren Kopf, überlegt.
„Ja stimmt, die Katholiken vermehren sich wie die Karnickel. Bald übernehmen die hier das ganze Land."
Nicht schlecht, ich nicke eifrig.
„Ja genau! Einfach erschreckend ist das und niemand unternimmt etwas dagegen."
Jetzt kommen wir so richtig in Fahrt. Wir gehen in unseren Lieblingsklamottenladen.
„Meine Güte, diese Ramschklamotten. Kein Wunder, dass es hier nur noch Billigläden gibt. Die ganzen Deutschen fragen halt nichts anderes nach."
Zwei Mädchen sehen uns an. Von oben bis unten.
„Was soll der Scheiß?", fragt eine.
„Wieso, ist was?", frage ich zurück.
„Psychos", murmelt sie und geht weiter.
Wir holen uns einen Frappe to go. Verlassen das Einkaufzentrum und schlendern Richtung Bushaltestelle. Es steht ein ganzer Pulk da. Schüler, die nach Hause wollen, die ersten Erwachsenen mit Feierabend. Mütter mit Kinderwägen, Senioren mit Rollatoren. Sie alle war-

ten auf die 101, um sich in ihr wie Ölsardinen zusammen zu quetschen.

„Guck dir den Blonden da vorne mal an. Wenn der mal nicht eine Bombe im Rucksack hat. Soll ich das lieber dem Busfahrer melden?“

„Apfelschorle trinken, Rosamunde-Pilcher-Filme gucken und Helene Fischer hören. Das hat doch nichts mehr mit unserer Leitkultur zu tun.“

„Also, das Mindeste, das ich von den Christen verlange, ist dass sie sich an das Grundgesetz halten.“

„Ich weiß nicht, ob das klappt. Guck Dir doch mal diese Hemdenbisobenzugeknöpftjungs an. Die kommen aus dem hintersten norddeutschen Flachland. Wahrscheinlich Analphabeten, die können doch das Grundgesetz gar nicht lesen.“

Erst sehen uns einige nur verstohlen an. Fragezeichen werden zu Kopfschütteln. Einige grinsen aber auch. Im Bus machen wir weiter. Hier bekommt es dann wirklich jeder mit. Fast niemand sonst spricht. Das ist ungewöhnlich in so einem überfüllten Bus. Ich werde fast ein bisschen stolz. Sarah geht es wohl ähnlich. Wir haben es geschafft. Die gute Laune vom Morgen ist wieder da. Ich steige mit ihr an ihrer Haltestelle aus, ich will noch ein bisschen mit ihr quatschen und sie nach Hause begleiten. Kann ja später den Rest zum Bahnhof laufen. Wir haken uns wieder unter und laufen wie Betrunkene schwankend durch die Straßen. Am liebsten würde ich hopsen wie früher. Aber aus dem Alter sind wir wohl raus.

„Wir sollten das öfter machen“, lacht Sarah.

„Hast du die Frau gerade rechts von mir im Bus gesehen? Die sah aus, als würde sie unbedingt was sagen wollen. Hat sich aber wohl nicht getraut."
Wir biegen um die Ecke in die Straße ein, die zum Friedhof führt.
„Was machst du heute noch?", fragt mich Sarah.
„Ich will noch zum Parkour-Training, was für meine Kondition tun. Und du? Schreiben mit Can, was?"
„Vielleicht?", sie grinst verschmitzt.

„Wenn das mal nicht die Kameltreiberin ist. Na, ist das deine Freundin?"
Es ist Marcel, der sich uns in den Weg stellt und jetzt mit seiner Nase fast meine berührt.
Kapitel 13: Profiboxerin

Ben

Ich setze mich mit meiner Apfelschorle und einem Eis an das Hafenbecken. Ich lasse die Beine herunterbaumeln, beinahe berühren meine Füße das Wasser. Es ist so super, dass ich heute richtig trainieren kann. Ich meine, Hallo? Ich habe gerade fast drei Autos übersprungen. Viel fehlt nicht mehr. Durch die Anstrengung habe ich sogar das erste Mal seit Wochen richtig Hunger. Ok, das Eis schmeckt nicht so wie früher, aber immerhin irgendwie süß und fruchtig. Das erste schlinge ich förmlich herunter, mit dem zweiten nehme ich mir mehr Zeit. Ich glaube, ich werde wieder gesund. Irgendwie habe ich das gerade im Gefühl. Zur Sicherheit ziehe ich noch mal kräftig an meinen Haare. Nichts, nur ein, zwei Härchen weil ich halt doll gezogen habe.

Ich könnte ewig hier so sitzen. Die anderen sind jetzt in der Schule. Wo ich jetzt nicht mehr komme, werden sie mich für noch kranker halten. Und noch mehr Mitleid haben und in der Pause über mich reden. Clara wird in Tränen ausbrechen, die anderen werden sie trösten müssen. Die Arme. Ich bin froh, dass ich nicht daneben stehen und ihre Blicke und Umarmungen ertragen muss. Im Moment bin ich einfach nur glücklich. In der Ferne sehe ich die Skyscraper Frankfurts. Müsste ich da jetzt die Treppen hoch, ich würde nur ein paar Minuten brauchen. Aber erst muss ich noch schaffen, dieses letzte Auto zu überspringen. Wenn ich das hinkriege, wird mich niemand aufhalten, am Videodreh teilzunehmen. Ich zeige den Move Tayfun vielleicht schon heute. In zwei Stunden beginnt das Training, ich nehme sie dann alle einfach mit hierher. Bevor ich hingehe, will ich den Sprung noch einmal probieren. Mit Schwung stehe ich auf, ignoriere den leichten Schwindel. Kommt nur vom schnellen Aufstehen, würde jedem anderen auch so gehen. Ich laufe zurück zum Lokschuppen, auf die Rampe, nehme Anlauf. Ich bekomme kein Tempo drauf. Schaffe es mit Ach und Krach nur auf den Käfer und krabble dann, als wäre ich selber einer, vom Dach auf den Boden. Puh, jetzt ist mir aber die Puste ausgegangen. Nicht gut. Das kommt vom vielen Essen und der Kohlensäure in der Apfelschorle. Das weiß doch jeder, dass man vor dem Sport nicht so viel essen soll. Ich ruh mich jetzt hier ein wenig aus, damit ich später fit bin.

Ich setze mich auf die Rampe und lehne mich an eine

Wand. Greife mir noch mal in die Haare und betrachte die Autos. Während ich langsam wegdämmere, werden sie zu echten Tieren. Ein Käfer, eine Ente und ein Känguru, die Seite an Seite stehen, grasen und ein Pläuschchen halten über diesen nervigen Jungen, der ständig auf ihren Rücken herumspringt.

Als ich aufwache, sind sie wieder nur aus Blech. Und ich bin spät dran, wenn ich es noch zum Training schaffen will. Ich springe auf. Wieder dieser ätzende Kreislauf. Ich fange mich kurz und gehe dann los. Der Weg zum Bahnhof wird auch meinen Körper wieder aufwecken. Ich versuche meinen Gang nach und nach etwas zu beschleunigen, nehme dafür meine Arme mit und zwinge mich zu einem regelmäßigen Atmen. Mir ist immer noch schwindelig. Verdammt noch mal. Unterwegs hole ich mir ein Wasser. Die Flüssigkeit hilft etwas. Ich versuche, zu joggen. Nehme meine Abkürzungen zum Bahnhof quer durch Parks, Innenhöfe und jetzt einem Parkhaus. Ich laufe quer durch die mittlere Parkebene auf den Ausgang zu.

Ich will gerade die Tür öffnen, als ich ein Fluchen höre. Und ein Wimmern. Ich bin spät dran, muss ich jetzt dahin? Findet bestimmt nur eine ihren Schlüssel nicht oder so.

„Du erbärmliches Würstchen", schreit eine Mädchenstimmte. Ich erkenne sie sofort. Das ist Bahar.

Ich renne los. Plötzlich geht es wie von alleine. Ich bin schnell. Aber ich finde sie nicht. Ich renne kreuz und quer durch das Parkhaus.

„Geh runter, du Arsch", ihre Stimme hat jetzt etwas Flehendes. Und wer oder was wimmert da? Ist sie das auch?

Mir bricht jetzt der Schweiß aus. Wo ist sie? Ich rufe ihren Namen, aber sie antwortet mir nicht. Ich laufe die Rampe nach unten und sehe sie auf dem Boden. Sie liegt reglos da, ihr Gesicht ist zur Wand gedreht. Ich knie mich über sie, drehe sie um. Das ist nicht Bahar, sondern ein anderes Mädchen. Sie ist bewusstlos. Was mache ich jetzt? Puls fühlen. Klar. Ich nehme ihr Handgelenk und fühle. Nichts. Ich lege meine Finger an ihren Hals. Da. Es schlägt etwas. Das ist gut. Ich beuge mich über ihren Mund, um zu sehen, ob sie atmet. Ich spüre einen Luftzug. Unter einem Auto durchblickend entdecke ich dabei endlich Bahar. Sie liegt auf dem Boden und windet sich. Aber sie kann sich nicht bewegen. Ich sehe Hände, die sie festhalten. Und ein fremdes Bein, das sich an sie presst.

„Hör auf“, schreit sie, „hör auf, du verdammtes Schwein“.

Sie dreht ihren Kopf zur Seite und sieht mich direkt an. Sie wirkt überrascht. „Hilf mir“, flehen dann ihre Augen. Sie erwecken mich aus meiner Schockstarre. Ich springe auf, laufe um das Auto herum und verpasse dem Kerl einen Tritt gegen die Brust. Es ist Marcel. Claras Marcel. Noch nie in meinem Leben habe ich so eine Wut verspürt. Noch nie, ich schwöre. Marcel anscheinend auch nicht. Er stürzt direkt auf mich zu. Nicht ohne Bahar vorher noch einen Tritt zu verpassen. Sie stöhnt, aber rappelt sich auf. Ich sehe das gerade noch in den Augenwinkeln, bevor ich den ersten Faustschlag meines Lebens ans Kinn bekomme. Ich spüre, wie sich mein Unterkiefer zur Seite schiebt und meinen ganzen Kopf und Körper mit sich reißt. Ich habe nichts mehr unter Kontrolle, das fühlt sich noch ätzender an als die Kotzerei und der Schwindel nach der Chemo. Und verdammt, tut das weh. Marcel lacht. Dann stürzt er wieder auf Bahar zu.

Was für eine Stärke man bekommt, wenn man Angst um einen Menschen hat. Dieser brennende Schmerz, den ich spüre. Er wird übertrumpft von Wut über diesen Typen, der meine Bahar angreift. Ich muss ihn stoppen, ich muss einfach. Er soll sie nie mehr anfassen. Nie mehr. Ich stürze auf ihn zu, reiße ihn von ihr weg und schlage mit der Faust zu. Was für ein unglaublicher Schmerz. Ich glaube, meine Hand ist gebrochen. Er schreit, seine Nase blutet. Aber er wird nicht aufhören, ich weiß das.

Ich muss ihn irgendwie daran hindern. Ihn fesseln. Womit? Komplett ausknocken. Kann ich das? Wahrscheinlich nicht. Egal, erstmal auf ihn zu. Ich stürze mich auf ihn und schreie:

„Verschwinde gefälligst und rühr sie ja nie wieder an! Lauf Bahar! Lauf weg!"

Der Typ lacht. Er lacht einfach. Dann stürzt er sich auf mich und drückt mir mit beiden Händen die Kehle zu. Während er zudrückt kämpfen wir mit unseren Armen und Beinen weiter. Ich trete und schlage ihn. Er stöhnt auch auf und grunzt, aber ich schaffe es nicht, dass er seine Hände von meinem Hals nimmt. Ich merke, dass mir die Luft ausgeht. Ich will nach ihr schnappen, aber es kommt natürlich nichts durch. Es ist wie in der Badewanne unterzutauchen, solange wie möglich unten bleiben zu wollen und dann aber nicht wieder hochkommen zu können, wenn man es längst aufgegeben hat. Panik überfällt mich. Totale Panik.

„Hilfe, helfen sie uns, bitte!", höre ich Bahar schreien. Warum ist sie nicht längst weggelaufen?

Sie schreit es auch noch, als sie auf den Rücken des Typen springt und ihm von hinten in die Augen greift. Auch das andere Mädchen höre ich jetzt.

„Helfen sie uns, schnell, er tötet ihn."

Der Typ versucht, Bahar von sich abzuschütteln. Sie zieht jetzt an seinen Haaren. Tatsächlich lässt er eine Hand los, um nach ihr zu greifen. Obwohl er mit der anderen Hand weiter zudrückt, kommt etwas Luft in meine Lunge. Kurz bevor ich dachte, ich kippe jetzt um. Er dreht sich mit Bahar auf seinem Rücken um die eigene Achse. Dabei muss er auch die andere Hand von meinem Hals lösen, ich knie auf dem Boden und japse nach Luft. Ich versuche noch nach seinen Beinen zu schlagen, während er mit Bahar auf seinem Rücken rangelt. Er schlägt meinen Arm weg, erwischt irgendwann meine Haare und zerrt daran, wie vorher Bahar an seinen. Wahrscheinlich will er mich mit sich schleifen. Aber meine Haare geben jetzt einfach nach.

„Was zum Teufel", entfährt es ihm.

Ich denke dasselbe. Bahar wohl auch. Eine gefühlte Minute starren wir alle drei auf das Haarbüschel in seiner Hand.

„Was will Clara von einem, dem schon die Haare ausgehen?", fragt er mich.

Und schon greift er wieder nach meinem Hals. Diesmal muss ich nicht lange die Luft anhalten. Zwei kräftige Männer greifen seine Arme, ziehen ihn von mir weg und zwingen ihn zu Boden. An der Seite stehen zwei

Frauen, die eine hat ihr Handy am Ohr. Sie ruft die Polizei.

Ich sehe mich um. Wo ist Bahar? Sie kniet neben ihrer Freundin und hilft ihr, sich hinzusetzen. Ich laufe zu ihnen. Wir alle drei atmen schwer.

„Alles ok?", frage ich.

„Ich glaube, er hat ihre kurze Rippe erwischt, als er sie geschlagen hat. Sie ist sofort umgekippt", erklärt mir Bahar. Sie streichelt ihrer Freundin über den Kopf und legt dann einen Arm um sie. Auch sie selbst zittert am ganzen Körper. Sie ist an mehreren Stellen im Gesicht gerötet, die Haut teilweise abgeschürft.

Ich weiß nicht, was ich zu ihr sagen soll. Wir sehen uns lange an. Ich nehme ihre Hand. Sie drückt sie.

„Danke", flüstert sie mir zu. „Danke", flüstere ich zurück.

Bahar

Anne und Baba holen mich zusammen aus dem Krankenhaus ab. Sie können mich nicht sofort mitnehmen, weil die Polizei mich noch befragen will. Es ist dieser Voigt, den ich schon aus dem Frauenklo kenne.

„Du machst Sachen", sagt er zu mir.

Ich frage mich, wie er das meint. Schließlich habe nicht ich „Sachen" gemacht, sondern Marcel. Anscheinend merkt er, dass ich das gar nicht komisch finde und fängt mit Smalltalk an.

„Wie läuft's denn so mit deinem Fußball?"

Das ist jetzt nicht sein Ernst. Ich sehe ihn nur ungläubig an und sage nichts.

„Es tut mir leid, was dir passiert ist."

„Danke“, antworte ich.

„Ich möchte dir raten, euren Angreifer anzuzeigen.“

„Unbedingt, auf jeden Fall“, bestimmt Anne. Baba nickt auch ganz wild.

„Da haben sie vollkommen Recht, Herr Kommissar.“

„Sie können gerne einfach nur Herr Voigt zu mir sagen, Herr Dschingis.“

„In Ordnung Herr Wachtmeister. Aber ich heiße Zengin, nicht Dschingis. Vielleicht kennen sie meinen Salon, Barbier Zengin?“

„Ich werde mal vorbei kommen, Herr Zengis“

„Zengin“

„Herr Zengin. Dann heißt ihre Tochter Bahar Zengin, ist das richtig?“ Er trägt es ein.

Während die beiden sich über die richtige Anrede unterhalten, überlege ich. Wird Marcel mich nicht noch mehr bedrohen, wenn ich ihn jetzt anzeige? Hört das dann jemals auf? Andererseits würde es aufhören, wenn ich ihn nicht anzeige? Außerdem hat er nicht nur mich verletzt und bedroht, sondern auch Sarah. Und Ben. Ich will nicht, dass er einfach so davon kommt. Also nicke ich Polizeihauptmeister Voigt zu.

Bis ich fertig bin, habe ich mit meinen Schilderungen auch meinen Baba zur Weißglut gebracht. Er ist auf Hundertachtzig.

„Wenn ich den erwische, der kann etwas erleben.“

„Aber, aber Herr Zengin. Keine Selbstjustiz bitte. Das meine ich ernst. Darum kümmern wir uns“, belehrt ihn Herr Voigt. Er versucht Baba zu beruhigen. Aber ich kenne ihn. Auch wenn er sonst eher ein ruhiger Typ ist. Jetzt bebt er.

„Sehen sie sich doch mal ihr Gesicht an. Wäre dieser Junge nicht dazwischen gegangen, wer weiß, was er noch mit ihr gemacht hätte?"

„Es bringt ihrer Tochter aber auch nichts, wenn ihr Vater durch eine blöde Aktion ins Gefängnis wandert. Verbringen Sie jetzt etwas Zeit mit ihr, kümmern Sie sich um sie und reden Sie über das, was passiert ist. Das ist das Beste, was sie machen können."

Baba seufzt und nimmt mich in den Arm. Das schmerzt, weil er an meine Wange kommt. Aber ich beiße die Zähne zusammen. Nur für ihn.

Nachdem Herr Voigt gegangen ist, stehe ich langsam von dem Untersuchungstisch auf. Baba hilft mir, meine Schuhe anzuziehen, ich stütze mich auf seiner Schulter ab. Anne streicht mir übers Haar und reicht mir meine Lederjacke. Auf dem Flur gehe ich noch mal kurz aufs Klo. Als ich in den Spiegel sehe, muss ich die Luft anhalten. Ich sehe aus wie eine Profiboxerin nach dem Fight ihres Lebens. Irgendwie war er das auch. Wären Ben und später diese Männer nicht dazwischen gegangen, vielleicht hätte ich jetzt kein richtiges Leben mehr. Mit meinen Eltern laufe ich den Krankenhausflur entlang. Niemand sagt ein Wort. Baba und Anne haben mich jeweils rechts und links untergehakt. Ich komme mir etwas vor wie eine Oma, die nicht mehr laufen kann, aber für jetzt ist es ok. Vor uns wird eine Tür geöffnet und Ben kommt heraus. Schnell befreie ich mich von meinen Eltern.

Wenn Ben nicht so groß wäre und blonde Haare hätte, könnten wir gerade als Geschwister durchgehen. Auch er sieht ganz schön schlimm zugerichtet aus. Wir lächeln uns an. Ich will zu ihm gehen, er geht auch auf mich zu. Doch wir werden festgehalten. Um uns herum wird geschrien.

„Die schon wieder, immer reitet die dich irgendwo rein. Was ist das bloß mit dir Mädchen?“

„Merle? Was fällt dir ein, meine Tochter zu beschimpfen.“

„Bahar, ist das der Junge? Der wollte neulich schon deine Anne überfallen. Komm her, ich zeig's dir Bürschchen.“

„Fass ja meinen Sohn nicht an.“

„Merle beruhige dich, sie wurde doch schließlich überfallen. Nicht sie hat Ben geschlagen.“

„Cem, bleib hier. Lass das den Kommissar machen. Komm, wir gehen. Nichts wie weg hier.“

Sie ziehen mich fort. Ich sehe mich noch mal nach Ben um, er redet auf seine Eltern ein. Erst im Auto lassen mich Anne und Baba zu Wort kommen. Ich kann ihnen erklären, dass das nicht Marcel, sondern Ben war. Ben, der mich gerettet hat. Es ist ihnen peinlich. Sie wollen zurückgehen und sich entschuldigen. Ich bitte sie, jetzt einfach nur zu fahren. Ich will nach Hause zu Mo.

Als wir angekommen sind, kuschele ich mich in seine felligen Arme und versuche, meinen Kopf frei zu bekommen. Ich will nicht mehr an Marcel denken. Ich konzentriere mich auf Ben. Auf seine Hand, die meine genommen hat. Ich denke an seine Augen. Daran, wie sie mich angesehen haben. Und an seine Haare. Gehen sie ihm aus? Bedeutet das, dass er sterben muss? Jetzt muss ich doch weinen. Hemmungslos weine ich Mos Bauch nass. Ich fühle mich schwach und elend wie noch nie in meinem Leben. Irgendwann schlafe ich ein.

Ich fühle eine Hand auf meinem Rücken. Anne. Wie lange sitzt sie da schon? Ich öffne meine Augen und drehe mich zu ihr um. Sie gibt mir einen USB-Stick.

„Den hat uns Ben für dich gegeben, als wir ihn neulich getroffen haben. Ich glaube, da gab es ein riesiges Missverständnis. Es tut mir so leid. Baba ruft gerade Bens Eltern an und entschuldigt sich."

Ich nehme den Stick und halte ihn erst einmal einfach nur fest.

„Kann ich irgendetwas für dich tun?", fragt mich Anne.

„Möchtest du vielleicht noch mal darüber reden?"

„Später. Ja, Anne?"

„In Ordnung. Jetzt ruh dich aus, ich bringe dir gleich etwas zu essen hoch."

Sie geht. Ich sehe mir den USB-Stick an. Drehe ihn hin und her, als könnte ich von außen sehen, was drauf ist. Als ich mir mein Laptop hole, habe ich Herzklopfen. Was wollte Ben mir mitteilen?

Es ist Musik. Songs. Einige kenne ich, andere noch nicht. Sie sind gut. Laut und rockig, genau mein Geschmack. Ich drehe die Lautstärke voll auf. Meine Lebensgeister kehren zu mir zurück. Herzlich Willkommen Freunde, wo wart ihr so lange? Ich springe auf und schnappe mir meinen Ball.

Kapitel 14: Holi

Ben

Anstatt mich von dem Mist ausruhen zu können, muss ich jetzt auch noch auf meine Mutter einreden. Ich schreie sie zum ersten Mal in meinem Leben richtig an. Sage ihr, dass sie Bahar in Ruhe lassen soll. Wie toll sie ist. Wie besonders. Dass ich ein Mädchen wie sie noch nie getroffen habe. Dass sie sie doch nur anschreit, weil sie Türkin ist. Sie bestreitet das. „Warum denn dann?", frage ich sie.

Sie sagt nichts mehr, lässt mich allein. Ich koche immer noch, brauche eine Zeit, um wieder herunter zu kommen. Warum drischt sie einfach auf sie ein? Eine andere Frage ist doch viel wichtiger: Was zum Teufel ist mit meinen Haaren los? An einer Stelle habe ich jetzt ein Loch in der Frisur. Sieht aus wie gewollt aber nicht gekonnt. Soll das so bleiben oder soll ich den Rest gleich mit abrasieren? Darüber will ich jetzt mit Mama reden. Ich ziehe wieder an meinen Haaren, aber sie geben nicht nach wie die vorhin. Wenn ich sie jetzt abrasiere, aber sie fallen gar nicht wirklich aus? Wäre doch echt blöd, umsonst mit so einer Glatze herumzulaufen. Ich suche mir alle Cappys, die ich habe aus dem Schrank heraus und werfe sie aufs Bett. Die werden erstmal gehen. Ich gehe ja nicht zur Schule, wo ich sie vermutlich abnehmen müsste.

Mein Herz könnte jetzt auch mal aufhören zu rasen. Ich denke an alles durcheinander. Marcel, Bahar, meine Haare, Parkour, der Käfer, Sarah, das Kopftuch, meine

Mutter, ihr Vater, die Ente, Tayfun, der Videodreh, Maddog. Toll, jetzt krieg ich Kopfschmerzen. Kein Wunder. Ich lege mich aufs Bett und ziehe mein Oberbett, die Wolldecke und das Kopfkissen über meinen Kopf. Ich will niemanden sehen oder hören, einfach nur schlafen. Natürlich klappt das nicht. Ich bin so wütend. Aber auch so schlapp. Sonst würde ich einfach in die Kissen schlagen, um mich abzureagieren. Die sind weich genug, damit meine Faust nicht noch lädierter wird.

Ich brauche Ablenkung. Jetzt sofort. Ich starte meinen PC. Was mache ich jetzt hier? Parkour Forum. Genau. Ich sehe mir die neuesten Videos und Beiträge an. Das ist es. Ich muss mich einfach wieder aufs Wesentliche konzentrieren. Parkour. Das Video. Nicht mehr an Mama denken oder Marcel oder die Schule oder den Krebs. Aber eine, eine geht und geht mir nicht aus dem Kopf. Da kann ich machen, was ich will. Bahar.

Am nächsten Morgen werde ich geweckt. Nicht in meinem Bett liegend, sondern völlig verdreht am Schreibtisch sitzend. Es weckt mich nicht Mama, auch nicht Papa oder Sophie. Es ist ein Geräusch. Etwas knallt gegen die Scheibe, dann etwas leiser an die Wand daneben. Dann wieder die Scheibe. Ich stehe auf, der Stuhl gibt nach und rollt nach hinten. Mein Nacken fühlt sich steif an, ich kann ihn kaum nach links oder rechts wenden. Meine Hand schmerzt noch, auch mein Kinn. Ich wanke in die Richtung der Geräusche. Ich bekomme kaum meine Augen auf. Ich bewege den Fenstergriff und stoße die Fensterläden nach hinten. Es ist Bahar, die da unten steht. Und ich bin jetzt wach.

Sie winkt mir zu und lächelt. In mir hüpft etwas. Sie ruft „kannst du raus kommen?"

Ich nicke und flüstere ein „warte kurz" zurück. Jetzt muss es schnell gehen, ich kann sie ja nicht ewig da unten warten lassen. Ich stolpere durchs Zimmer. Ziehe frische Kleidung aus dem Schrank, greife mir ein Cap und stürze ins Bad. Blitzdusche. Muss sein, seit der Schlägerei hab ich noch nicht. Unbedingt auch Zähne putzen.

„Wo willst du denn hin?"

Seit wann steht Sophie so früh auf? Normalerweise ist sie doch immer spät dran.

„Spazieren", antworte ich ihr nur knapp. Ich ignoriere ihr zweifelndes Gesicht und weg bin ich.

Bahar muss ich erst mal suchen. Kurz denke ich, sie ist schon wieder weg, weil ich so lange gebraucht habe. Ich muss einmal ums Haus laufen und finde sie dann versteckt hinter einem Rosenbusch. Ich zucke zusammen als sie plötzlich vor mir steht.

„Damit deine Mutter mich nicht umbringt", erklärt sie mir. Ich seufze.

„Es tut mir so leid, wegen gestern, ich habe ihr danach echt meine Meinung gesagt. Sie ist nicht mehr dieselbe seit ich, …du weißt schon."

„Krebs hast?"

„Ja."

„Kann ich mir vorstellen. Meine Eltern sind auch nicht gerade einfach."

Wir müssen beide lachen.

„Und, was machen wir jetzt? Musst du gar nicht in die Schule?", frage ich sie und bereue diese Frage sofort.

„Ich habe beschlossen, dass ich heute nicht muss“,
zwinkert sie mir zu.
„Und du?“
„Für mich haben gleich mehrere Leute beschlossen,
dass ich nicht muss.“
„Na dann wird das heute unser Tag, oder?“
Was fragt sie noch? Ich könnte mir nichts Schöneres
vorstellen.
„Du suchst als erstes aus, dann ich, ok?“
Ich habe nichts dagegen einzuwenden. Und ich muss
auch nicht lange überlegen.
Ich weiß nicht, warum ich plötzlich so mutig bin. Jedenfalls nehme ich einfach ihre Hand und ziehe sie mit. Sie
hält auch meine fest. Wir sind wie Kleber und nichts
wird uns heute wieder trennen können. Kein Missverständnis, kein Stolz, keine Mutter, kein Vater, keine
Clara oder ein Marcel. Das Gefühl ist neu. Es öffnet
meine Blutgefäße, meine Lunge, einfach alles. Alles ist
bunt, riecht gut, hat die richtige Temperatur. Ich will mit
ihr durch diese fabelhafte Welt rennen. Ich beschleunige
den Schritt, ihr Blick verrät mir, dass sie dasselbe denkt.
Hand in Hand rennen wir los. Auch an der Bushaltestelle lassen wir uns nicht los. Wir steigen in den Bus,
die Fahrkarten bleiben in unseren Taschen. Niemand
wird uns danach fragen. Nicht heute. Es sind nur Plätze
schräg gegenüber voneinander frei. Wir halten uns weiter fest. Und sehen uns jetzt auch an. Ich muss nicht
mehr wegsehen. Mich fragen, was sie über mich denkt.
Ich sehe es. Sie sieht dasselbe wie ich.
Ich kann nicht genug davon sehen. Ich verpasse fast die
richtige Station. Ich muss sie ruckartig hochziehen. Sie

lacht los, wir springen aus dem Bus. Und rennen in den Wald. Sie sieht mich fragend an. Ich verrate nichts. Wir laufen kreuz und quer um die Bäume. Über Äste, die knacken und Blätter, die rascheln.

Dann sind wir da. Sie sieht sich um, grinst, umarmt mich. Ihre Hand hält meine nicht mehr. Sie liegt jetzt an meinem Hals. Er schmerzt noch, aber ihre Haut darf die Wunden berühren. Auf der anderen Seite ihr Gesicht. Ihre Brust an meiner. Nur kurz, vielleicht zwei Atemzüge. Dann müssen wir uns trennen.

Wir bekommen Helme und eine Einweisung. Steigen in die Sicherheitsgeschirre, klicken uns ein. Hoch geht´s in die Baumwipfel. Wir sehen runter, sehen beschäftigt wirkende Menschen. Sie laufen hin und her. Sie haben nichts mit uns zu tun. Wir sind hier oben, allein mit den Vögeln und Blättern.

Die erste Übung. Festhalten rechts und links, über Holzpaneele laufen. Sie wackeln. Wir lachen hysterisch. Ich lache den Rest meiner Sorgen und bösen Erinnerungen aus mir heraus.

Die nächste Herausforderung. Mit einer Liane auf die andere Seite in ein Netz fliegen. Sie als erstes. Zu weit weg von mir ist sie plötzlich. Rhythmische Töne von unten, als ich zu ihr fliege. Ich brauche eine Pause. Ich muss nichts sagen, sie weiß es. Nimmt einfach wieder meine Hand und setzt sich dicht neben mich auf die Plattform. Das Holz ist warm unter mir, ihr Bein an meinem glüht.

„Hallo Ben, wie geht´s Dir? Das ist ja ein Zufall, dass du auch da bist. Schön, dass du dich ein wenig ablenken kannst.“

Er ist schon wieder weggeflogen, bevor ich zurückgrüßen kann.

„Wer war das?", fragt mich Bahar.

„Mein Klassenlehrer", antworte ich ihr.

„Hab ich schon mal nackt gesehen", berichtet sie mir.

„Was?"

„FKK-Strand, frag nicht", sie prustet wieder los. Ich kann nicht weiter nachhaken, ich muss einfach wieder mitlachen.

Es geht wieder. Ich stehe auf und ziehe sie hoch. Noch eine Übung. Balancieren auf einem Seil. Nicht nach unten sehen, einfach geradeaus in die Wipfel. Nichts kann passieren, ich bin voll konzentriert. Weiß Bahar in meinem Rücken.

Ein Schrei.

Sie ist abgerutscht. Hängt an ihrem Sicherungsseil in der Luft. Ich will ihr helfen, kann aber nicht. Gerate selbst ins Wanken, kann nicht mehr ruhig stehen und rutsche auch ab. Jetzt hängen wir zwei wie nasse Säcke in der Gegend herum. Mitarbeiter kommen, reichen uns Stangen, ziehen uns zur nächsten Treppe und helfen uns runter.

Ich bin ziemlich fertig. Nur körperlich. Sonst geht's mir immer noch blendend. Sie zittert etwas.

Wir holen uns Wasser, nehmen unsere Jacken, setzen uns darauf ins Gras. Wir lächeln uns an und fangen an zu reden. Ich sage ihr endlich, dass ich sie und ihre Ballkunststücke bewundere. Sie bekommt zu viel, als ich ihr von der Liebesbeziehung zwischen ihrem Mops und ihrem Bären erzähle. Ihr Lachen steckt an. Sie erzählt mir von ihren Plänen und dem Sichtungsspiel morgen. Sie

ist aufgeregt, mindestens so wie ich wegen dem Videodreh.

„Was hast du da für einen Fleck auf deiner Jacke?“, will
ich wissen.

„Das ist dein Blut“, erklärt sie mir.

Ich halte es für einen Witz. Aber es ist keiner. Sie kennt
mich schon länger als ich sie. Mein erster Eindruck auf
sie war ein ohnmächtiger. Das finde ich jetzt nicht gut.
Aber sie ist nicht wie die anderen. Wie die aus der
Klasse, wie Clara. Sie hat kein Mitleid in den Augen. Sie
hat nur Fragen. Sie fragt mich, was damals mit mir war.
Was mit meinen Haaren ist, warum ich mir die Drogen
besorgte. Warum ich so aggressiv war. Sie nickt interessiert als ich es ihr erkläre.

Ich will sie küssen. Jetzt. Hier. Es ist der richtige Moment.

Ich werde angerempelt. Noch mal. Und nochmal. Sie
auch. Leute laufen an uns vorbei. Massenweise. Woher
kommen die ausgerechnet jetzt? Wohin wollen sie?

Bahar

Wir stehen auf. Schade. Ich will nicht, dass dieser Tag
zu Ende geht. Wenn es so weiterliefe, nichts könnte uns
mehr im Weg stehen. Nie mehr. Ben würde gesund, er
würde ins Video kommen und dann Stuntman, wie er
es sich erträumt. Ich würde morgen so viel Kraft haben,
wie nie in meinem Leben. Aber diese Leute hier, sie stören.

Mir fällt auf, dass sie jung sind. Nicht so jung wie wir,

etwas älter. Aber noch nicht dreißig, oder so. Sie sind aufgeregt. Laufen Arm in Arm, lachend und zum Teil trinkend auf eine Bühne zu. Je mehr sie werden, desto mehr entsteht ein Sog. Wir laufen einfach mit. An einem Zaun ist Schluss. Klar, auch am besten Tag des Lebens gibt es so etwas wie Einlasskontrollen. Sie würden uns nicht durchlassen. Weil wir noch halbe Kinder seien oder so etwas. Doch es ist voll, sie haben nicht alles unter Kontrolle. Ben zieht mich einfach in ein Menschenknäuel. Wir werden mit ihm hinein geschoben. Ganz einfach. Wir setzen uns wie die anderen vor die Bühne. Und sehen uns weiter an. Könnte ich auch noch den ganzen Tag so machen. Kein Problem. Wenn es dunkel wird, müssen wir einfach noch näher aneinander rücken, damit wir unsere Augen noch sehen. In meinem Kopf läuft ein Song. Die Menschen um mich herum halten alle etwas in ihren Händen. Was es ist, interessiert mich aber gerade nicht.

Whom. Whom. Whom. Das ist jetzt nicht mehr weit weg. Das dröhnt durch die Boxen vor der Bühne. Techno. Bitte nicht, das ist jetzt wirklich nicht mein Ding. Ben macht auch kein begeistertes Gesicht.

„Wollen wir gehen?", rufe ich ihm zu.

Er nickt. Wir versuchen, uns durch die tanzende Menge zu schieben. Es gelingt nicht. Einfach zu voll. Ich probiere, mich ebenfalls im Takt zu bewegen und mich so durchzuschlängeln. Irgendwann bin ich drin. In der Musik. Im Rhythmus. Ich fange richtig an zu tanzen. Ben lacht, steht da, sieht mich nur an.

„Tanze!", schreie ich ihn an.

Er fängt langsam an. Keine großen Bewegungen. Doch

schließlich ist er auch voll drin. Wir schlängeln uns mit unseren Armen und Beinen durch die Musik. Die anderen um uns herum haben sich ebenfalls in Trance getanzt. Wir sind alle ein großes bewegendes Ganzes.

„Gleich geht´s los", höre ich von der Bühne.

Ich weiß nicht, was losgehen soll. Es passiert doch schon alles.

„Eins, zwei, drei", schreien die Boxen. Die Leute um Ben und mich herum reißen die Arme hoch.

Farbe regnet auf uns herab. Grün, rot, gelb, orange, blau. Der Himmel, die Bäume, die Menschen, alles ist bunt. Ben ist etwas rotbläulich, ich glaube ich grüngelb. Seine Hand fühlt sich noch an wie seine Hand. Sein Atem ist warm als meine Nase seine kurz berührt. Seine Haare sind durch die Farbe kalkig und nicht mehr so weich.

Aber sein Mund, der ist es.

Ben

Die Musik hört auf zu spielen. Die Leute verlassen lachend und Selfies schießend die Wiese. Irgendwann sind es nur noch wir, die küssend da stehen. Wir können nicht aufhören. Wir haben viel nachzuholen.

„Muss Liebe schön sein", hören wir.

Auch andere machen dumme Sprüche. Kümmert mich gerade nicht. Nach zwanzig Minuten höre ich ein Knurren. Das kommt nicht von irgendwoher, das kommt von unten, aus ihrem Bauch.

„Hunger?", frage ich sie, immer noch an sie geklammert.

„Mh, mh“, sie schüttelt mit dem Kopf.

Ich habe meine Arme um ihre Schultern gelegt und sie fest an mich gezogen. Sie hat eine Hand auf meinem Rücken, die andere an meinem Nacken. Sie zieht mich damit etwas zu sich runter. Ist ja etwas kleiner als ich. Wenn sie sich auf die Zehenspitzen stellt, ist es aber kein Problem. Optimale Haltung, uns weiter küssen zu können.

Ihr Magen knurrt noch mal.

„Du hast doch Hunger.“

„Ist doch egal.“

„Ich kann dich nicht hungern lassen.“

„Jetzt hörst du dich an wie Baba“, sie lacht.

„Lass uns was essen gehen“, schlage ich vor.

Als wir gehen, halten wir uns weiter so eng umschlungen, wie möglich.

Wir wählen einen Sandwichladen. Sie sehen nicht begeistert aus, als wir rein kommen. Kann ich verstehen, die Farbe bleibt nicht wirklich nur auf unseren Klamotten hängen, sondern verteilt sich im Raum. Also nehmen wir die Sachen mit. Ich bekomme mal wieder nur ein paar Bissen runter, aber es ist schön, der grünen Bahar beim Essen zuzusehen. Sie sieht aus wie ein zufriedener, hübscher und hungriger Frosch.

Es geht nicht anders, wir müssen kurz in die Realität zurückkehren. Morgen ist Sichtungsspiel und Videodreh angesagt. Wir werden nach Hause gehen, uns duschen und zusehen müssen, dass wir etwas Schlaf bekommen. Ich bringe sie nach Hause. Bevor sie ins Haus geht, tauschen wir endlich unsere Handynummern aus. Ich bleibe noch etwas vor ihrer Tür stehen. Ich höre einen

Schrei. Ihre Mutter hat wohl noch nie einen Frosch gesehen.

Kapitel 15: Q23

Bahar

„Lass mich raten, du kommst gerade nicht vom Training".
Mein Bruder, der Detektiv. Kann eins und eins zusammen zählen.
„Holi-Festival?"
„Jupp"
„Nicht schlecht"
Anne hat davon noch nichts gehört. Sie schreit vor Schreck, als sie mich sieht.
„Bahar, warum machst du das mit mir? Nach so einem Tag gestern einfach stundenlang verschwinden? Hattest du dein Handy nicht an? Ich sterbe noch vor lauter Sorge um dich. Was ist das für eine Farbe? Wo warst du? Du musst doch deine Schürfwunden trocken halten. Du bekommst noch eine Blutvergiftung. Komm, ich muss dir das sofort raus wischen."
Sie zieht mich ins Bad und wäscht mich wie ein kleines Kind. Zieht mich aus, während sie ein Bad einlässt. Macht Schaum rein, fehlt nur noch die Quietscheente. Normalerweise würde ich mich jetzt wehren. Ist doch albern. Aber ich bin noch beseelt von all diesen Küssen und lasse meine Anne mal meine Anne sein und mich abschrubben.
„Was guckst du so traurig?", fragt sie mich, als ich nicht mehr gelbgrün bin.
„Bin ich nicht", behaupte ich.
Aber sie hat Recht. Mit jedem Waschlappen Farbe

kommt das normale Leben wieder zum Vorschein. Ich
sehe wieder aus, als wäre das gerade alles gar nicht pas-
siert. Als hätte es kein Tanzen, keine Umarmungen und
Küsse gegeben. Als hätte ich alles nur geträumt.
„Ich mache dir etwas zu essen."
„Ich habe schon gegessen, Danke Anne."
„Wollen wir reden?"
„Ich bin müde, will nur noch ins Bett. Wegen morgen
und so."
„Was ist denn morgen?"
Sie hat es vergessen. Klar. Aber nicht schlimm. Ich will
ja eh nicht, dass jemand zusieht. Ich küsse sie, küsse
Baba, küsse sogar Tayfun, bevor ich ins Bett gehe.
„Ich drücke dir morgen die Daumen", flüstert er mir zu.
Wenn man einen Bruder hat, ist schon viel gewonnen.
Ich lege mich in mein weiches weißes Bett. Auch das
riecht so, als wäre nichts gewesen. Es verletzt mich. Ich
schließe die Augen und versuche, den Tag wieder und
immer wieder in Erinnerung zu rufen. Ich sollte an Fußball denken. Mache ich aber nicht. Fußball ist morgen,
heute ist Ben.
Als ich langsam vom Tagtraum in den Schlaftraum
wechsele, piept es. Ich weiß kurz nicht, ob das jetzt
schon zu meinem Traum gehört oder noch zur Realität.
Pieps. Nein, das ist noch im Jetzt. Mein Handy. Ich
springe auf, krame es aus meiner Tasche. Herzrasen. Es
ist Ben, der mir schreibt.
„Bist du noch wach?"
„Ja, ich schreibe dir im Schlaf."
„Für morgen viel Glück. Der Typ wird begeistert sein
von Dir."

„Falls mein Coach mich spielen lässt.“

„Muss er. Du bist zu gut.“

„Ja klar. Du aber auch. Wirst super aussehen im Video.“

„Wohl nicht. Meine Mutter lässt mich nicht zum Dreh. Wegen heute.“

„Das kann sie nicht machen.“

„Macht sich ständig Sorgen.“

„Hau doch morgen einfach ab.“

„Wird vor meinem Zimmer sitzen wie ein Wachhund“. Ich überlege kurz. Ich könnte... Nein… oder?

„Bist du noch da, Bahar?“

„Dann hau jetzt ab.“

„Was? Wohin?“

„Q23 am Fluss. Vor dem Schloss. Vertrau mir, ich weiß, wo wir hin können. Bis später.“

Ben

Jetzt bin ich wieder hellwach. Der Streit mit meinen Eltern hat mich extrem geschlaucht. Ich stopfe mein bestes Parkour-Outfit in meine Sporttasche und schiebe sie unters Bett. Es ist viertel vor zehn. Um halb elf sollte ich aufbrechen, um rechtzeitig da zu sein. Ich muss nur aufpassen, dass ich nicht vorher einschlafe. Ich stelle mir vorsichtshalber das Handy. Am besten wäre aber, sich gar nicht erst wieder ins Bett zu legen. Ich ziehe mich wieder an. Jeans, Hemd, Cappy über die größer werdende Haarlücke. Mein Puls rast wieder. Als hätte ich zwei Liter Coke getrunken. Oder Tabletten geschnupft. Diesmal reicht die Aufregung übers Abhauen, Bahar sehen, doch bald in einem Video zu sein.

Wie komme ich eigentlich hier raus? Ich höre unten den Fernseher, durch die Haustür kann ich also nicht einfach gehen. Mein Fenster fällt auch aus. Der Bewegungsmelder an der Garage würde mich verraten.
Sophie ist die Lösung.
Ich ziehe meine Klamotten wieder aus, weißes Hemd über die Boxershorts. Typisches Schlafoutfit. Stopfe die Kleidung in die Sporttasche. Gehe mit ihr die Treppe runter. Stelle kurz vorm Wohnzimmer, die Tasche unter die Garderobe. Da steht sie auch sonst manchmal. Nichts Verdächtiges also. Ich wusste es. Sie haben das Knarren der Treppe gehört und warten jetzt, dass ich rein komme.
„Ben? Brauchst du noch etwas zu trinken?"
„Ja, genau."
Ich gehe zum Kühlschrank, nehme mir ein Wasser.
Mein Vater kommt zu mir.
„Hör mal, mir ist wichtig, dass du verstehst, dass Mama und ich uns um dich sorgen. Du musst gar nicht für immer damit aufhören. Bald ist die Chemo rum, du hast alles überstanden und dann kannst du auch mit deinem Sport weitermachen."
„Ich versteh schon."
Jetzt steht auch Mama neben mir. Sie öffnet das Tiefkühlfach und holt eine Packung Eis heraus.
„Willst du?", fragt sie. „Das machen sie doch auch bei den US-Serien immer so. Wenn jemand traurig ist oder Stress hat, essen sie immer Eis."
Sie sieht verstohlen zu meinem Kopf.
„Schämst du dich wegen der Haare?"
Ich habe vergessen, das Cappy abzunehmen.

„Bisschen", murmele ich.

Ich nehme die Flasche.

„Ich geh dann wieder hoch, gute Nacht."

„Nacht, mein Junge."

Sie sehen mir nach, wie ich die knarzende Treppe wieder hoch gehe. Ich höre sie über mich reden, als ich sie wieder runter gehe.

Jetzt muss es schnell gehen. Ich greife meine Tasche öffne blitzschnell Sophies Zimmertür, gehe rein und schließe die Tür von innen.

Eine Brücke oder sowas ist es wohl, was meine Schwester da gerade vollführt. Auf ihrem Laptop läuft ein Yoga Video. Sie braucht ein paar Sekunden, bis sie aus der Stellung wieder raus ist. Sie sagt kein Wort, während sie mich dabei beobachtet, wie ich meine Hose über die Boxershorts ziehe und einen Hoodie über das Shirt. Sie steht nur da, ihre Hände in die Seite gestemmt. Ich sehe genauer auf ihren Bildschirm. Zwanzig nach zehn, ich bin noch gut in der Zeit.

Ich gehe zu ihrem Fenster und öffne es. Sophies Gesicht fällt in Fragezeichengrübchen.

„Ben, was…", jetzt kann sie sich doch nicht verkneifen, zu fragen.

Ich gehe zu ihr zurück, umarme sie und drücke ihr einen Kuss auf die Wange.

„Es wird alles gut", verspreche ich ihr, bevor ich aus dem Fenster steige.

Weg bin ich.

Ich erwische gerade noch den Bus. Der nächste wäre erst in einer halben Stunde gekommen. Ein bisschen mulmig ist mir schon. Ich bin noch nie über Nacht von Zuhause abgehauen. Wenn meine Eltern das merken, werden sie mich wohl doch noch zu einem Problemkind erklären. Das einzige, das mich davor schützt, ist mein Krebs. Ich kann ja schließlich nichts dafür und so. Kein Wunder, dass ich durcheinander bin nach so einer Diagnose. Meine Mutter muss sich auch nicht wundern, wenn sie mir das Wichtigste in meinem Leben verbietet. Und Papa könnte ihr auch einfach mal widersprechen. Ich atme durch und konzentriere mich auf mein Treffen mit Bahar. Es dauert nicht lange und ich bin wieder gut drauf. Habe ich jetzt eine Freundin? Ja, ich glaube schon. Eindeutig, oder? Ich bin so stolz, dass sich Bahar auch in mich verliebt hat.

„Na, sie sind ja gut drauf junger Mann", ruft mir eine Oma zu, die mir zugewandt ein paar Reihen weiter sitzt. Jetzt fällt mir selber auf, dass ich die ganze Zeit grinse. Ich räuspere mich, lege eine Hand über meinen Mund und stütze meinen Ellbogen wieder unter dem Fenster ab. Am Marktplatz steige ich aus. Von hier muss ich noch ein paar hundert Meter laufen. Ich sehe das Schloss schon rot in der Ferne. Es wird beleuchtet von zwei schwachen Straßenlaternen und dem Mond, der aber gerade Besuch von ein paar Wolken hat. Ich versuche auch Bahar schon auszumachen. Hat sich da gerade ein Schatten bewegt? Ist sie das? Als ich näher komme sehe ich, dass es nur ein Plakatständer war. Der hat sich von einer Straßenlaterne gelöst und wackelt hin und her. Vor dem Schloss bleibe ich stehen, von Bahar keine Spur.

„Am Fluss", hat sie geschrieben. Also laufe ich durch

die Deichunterführung. „Herzlich Willkommen in Offenbach am Meer" steht auf einem Schild darüber. Danach sehe ich so gut wie nichts mehr. Nur ein paar Lichter vom Hafen und der Skyline dahinter. Sie spiegeln sich weiter hinten im Fluss. Aber da, wo ich jetzt stehe, ist es richtig dunkel. Als Mädchen würde ich hier nicht freiwillig herumstehen. Wäre mir viel zu unheimlich.
„Du bist wirklich gekommen."
Da ist sie. Wo kommt sie so plötzlich her?
„Klar, bin ich das", antworte ich ihr.
Ich muss kurz zusammen gezuckt sein, denn sie lacht. Was mache ich jetzt? Sie umarmen oder küssen? Vorhin war das ganz normal, aber jetzt ist ja schon eine Weile vergangen. Sie steht auch etwas unschlüssig da. Lächelt aber. Mehr als zurück zu lächeln fällt mir gerade auch nicht ein.
„Gehen wir?", fragt sie endlich.
„Wohin eigentlich?"
„Lass dich überraschen."
Wir laufen ein Stück den Fluss wieder zurück. Aber nicht lange. Sie bleibt vor einem bräunlichen alten Güterwaggon stehen. Er steht auf einem Gleis, das schon lange stillgelegt wurde. Früher führte er bestimmt mal zum Hafen. Als überall am Fluss entlang noch Firmen waren und die Waren später auf Schiffe geladen wurden. Oder von der alten Straßenbahn, die fuhr mal in die Innenstadt. Bevor ich geboren wurde. Meine Eltern sprechen manchmal davon. „Mit der Straßenbahn war alles besser" und so weiter und so fort. Ich habe mich immer schon gefragt, warum der olle Waggon hier trotzdem noch steht. Wahrscheinlich ist das Kunst, die

Hochschule für Gestaltung ist ja gleich nebenan im Schloss. Am Waggon hängen immer Veranstaltungsplakate für Konzerte und Ausstellungen.

Bahar geht mit mir hinter den Waggon. Dazu muss sie etwas den Deich hoch kraxeln. Ich habe keine Ahnung, was sie vorhat. Sie klettert den Wagen etwas an der Seite entlang, bis sie an der Tür angekommen ist. Es macht zwei kurze Klicks und schon ist sie offen.

„Wie hast du das gemacht? Da war doch ein riesiges Schloss davor", flüstere ich ihr zu.

„Das war schon immer nur ein Fake-Schloss, die Leute fallen zu schnell auf sowas herein", erklärt sie mir.

„Kommst du?"

Ich klettere hinter ihr her. Sie zieht mich etwas hinein ins Dunkle und verriegelt dann die Tür von innen. Jetzt sehe ich wirklich gar nichts mehr. Ich höre, wie Bahar durch den Waggon läuft, ihre Tasche fallen lässt. Etwas raschelt, dann entzündet sie ein Streichholz. Ich sehe ihren flackernden verschmitzten Gesichtsausdruck. Und dann eine Lampe, die den Innenraum leicht beleuchtet. Ich staune über das, was ich jetzt sehe. Jede Menge Kissen, einen Teppich, einen kleinen Tisch, Gläser, Kerzen, Bücher und einen Fußball. Eine Luftmatratze mit zwei Wolldecken darauf. Alles hat einen leicht orientalischen Touch. Es sieht richtig gemütlich aus.

„Willkommen in meiner bescheidenen Hütte", heißt mich Bahar hochoffiziell willkommen.

„Hast du das alles gemacht?"

„Jupp".

„Aber wann hast du denn die ganzen Sachen hierher bekommen?"

„Nachts, wie jetzt auch. Traut sich doch kaum eine Menschenseele an den Fluss, wenn es dunkel ist.“

„Du bist also schon öfter abends von Zuhause abgehauen?“

„Ja, ich wurde aber noch nie erwischt. Bin halt ein Profi“, erzählt sie mir.

„Meistens bin ich aber tagsüber hier. Dann ist es schon etwas schwieriger, mich hier rein zu mogeln. Einmal hat mich wohl eine gesehen und hat dann dauernd geklopft. Die ging und ging nicht weg. Ich musste über eine Stunde hier sitzen und mich nicht rühren. Ich hatte schon Angst, die holt die Polizei. Hat sie aber nicht.“

Ich stelle auch meine Tasche ab und setze mich auf eines der Kissen. Sie bringt mir ein Wasser.

„Und warum machst du das?“, frage ich sie, „du hast doch auch ein eigenes Zimmer Zuhause, oder?“

„Ja schon. Aber da kann mich doch dauernd jemand stören. Bahar, hilf mir beim Kochen, Bahar, geh mal mit George raus, Bahar dies, Bahar, das. Wenn ich hier bin, denken sie, ich wäre mit Freunden unterwegs und mich nervt keiner. Ich schalte dann auch immer mein Handy aus. Ich bin einfach mit mir allein. Ich brauche das manchmal.“

„Das ist echt Wahnsinn. Weißt du, wie oft ich hier schon vorbeigelaufen bin? Vielleicht warst du dann manchmal hier. Du bist ein Genie.“

„Du bist der erste, dem ich es zeige. Noch nicht mal Sarah kennt das hier.“

„Ich fühle mich geehrt“, ich verneige mich vor ihr. Sie lacht.

Wir unterhalten uns eine Weile. Ich erzähle ihr von meinem Zimmer und wie ich es eingerichtet habe. Dass ich auch gerne öfter meine Ruhe hätte, besonders jetzt. Irgendwann werde ich richtig müde und kann mir ein Gähnen nicht verkneifen. Sie merkt es natürlich.

„Was meinst du, schlafen wir hier und brechen dann morgen zu unseren Challenges auf?", fragt sie mich.

Ich nicke. Bin auch zu müde, um noch mal groß darüber nachzudenken. Ich weiß nur nicht so recht, wer wo schlafen soll. Sie sieht genauso verlegen abwechselnd zur Matratze und zum Boden.

„Da wir beide morgen fit sein müssen, schlafen wir wohl lieber zusammen auf der Matratze, oder?", frage ich sie. Hört sich einigermaßen logisch an, finde ich.

Sie nickt und wird rot. Glaube ich. So ganz lässt sich das bei dem flackernden Licht nicht erkennen. Wir nehmen noch ein paar Kissen mit auf die Matratze, ziehen uns die Schuhe und die Jacken und Hoodies bis auf Hemd und T-Shirt aus. Mehr aber nicht. Würde auch zu kalt werden, denke ich. Dann krabbeln wir unter die Wolldecken. Die Öllampe hat Bahar etwas herunter gedreht. Erst liegen wir auf dem Rücken nebeneinander. Ich kann ihre Haare riechen und spüre ihre Körperwärme an meiner rechten Seite. Ich nehme ihre Hand, sie drückt sie. Wir drehen uns zueinander. Endlich küssen wir uns wieder.

Kapitel 16: Bum Tschakalaka

Bahar

Es ist immer noch warm an meinem Rücken, als ich aufwache. Kurz wundere ich mich darüber. Dann freue ich mich einfach nur wieder. Ich möchte noch länger so mit ihm hier liegen bleiben.
Dann muss ich doch an das Sichtungsspiel denken. Mein Herz beginnt zu rasen. Wie spät ist es? Ich befreie mich vorsichtig aus Bens Armen. Ich muss mein Handy suchen. Vielleicht ist es ja noch früh und wir müssen noch gar nicht aufstehen, sondern können noch etwas so liegen bleiben.
Neun Uhr, Pustekuchen. Ich wecke meinen Freund. Er sieht mich, guckt genauso überrascht, wie ich vermutlich vor ein paar Minuten. Lacht dann aber und zieht mich zu sich.
„Es ist schon neun."
„Oh ha."
„Wir sollten gleich los."
Ben zieht sich seine Parkoursachen an, ich hole solange die mitgebrachten Äpfel und Rosinenbrötchen aus meinem Rucksack. An eine Flasche O-Saft habe ich auch gedacht.
„Hab leider gerade kein Latte Macchiato da", entschuldige ich mich.
„Unmöglich", grinst er.
Er isst einen Apfel, beim Rosinenbrötchen passt er.
„Nervös?", frage ich ihn.
„Ganz schön", gibt er zu.

„Ich auch.“

„Teambesprechung“, sagt er. „Steh auf.“

Ich stelle mich hin. Er legt meine Hände auf seine Schulter, legt dann seine auf meine. Lehnt seine Stirn gegen meine, sieht nach unten. Ich mache es ihm nach. Wir stellen die Beine breitbeinig voreinander.

„Heute fängt unser Leben an“, fängt er an.

„Ja“, antworte ich.

„Bahar, bist du bereit?“

„Sowas von!“

„Bereit, einfach alles zu geben?“

„Ja! Ben, bist du bereit?“

„Oh ja.“

„Bereit, einfach alles zu geben?“

„Bereit!

Wir sollten das natürlich alles schreien. Aber von draußen hören wir immer wieder Stimmen. Andere Menschen sind also auch wach. Trotzdem: Die Welt wird heute nur uns gehören. Ben und mir. Heute wird unser Leben von vorn beginnen.

Auch ohne Schreie sind wir aufgeputscht. Ich entriegle die Tür so leise es geht. Luke hervor. Joggeralarm auf sechs Uhr. Tür wieder zu. Warten. Warten. Wieder auf. Er ist vorbei, nächste Person noch weiter weg, blickt auf Fluss. Ich winke Ben raus, dann ich hinterher. Tür zu, über Deich, auf Fahrradweg. Fahrradfahrer passiert, beschimpft uns. Unwichtig. Ein letzter kurzer intensiver Kuss. Ich schlage ihm auf die Schulter, er mir.

Wir brechen in entgegengesetzte Richtungen auf.

Ben

Ich renne. Ich fühle mich stark. Stark und entschlossen. Ich spüre jeden Muskel in meinem Körper. Auch den Krebs darin. Ich balle meine Hände zu Fäusten und spanne meine Oberarme. Ich spüre meine Adern pulsieren. Meine Lunge saugt Sauerstoff, dann stoße ich sie wieder aus. Immer im Takt. Ich muss es einteilen. Ein-, ein - ausatmen.
Ein-, ein - ausatmen.

Bahar

Ich sprinte zum Bus. Springe rein. Ich will mich nicht setzen. Ich dehne meinen Körper. Er ist gespannt. Bereit. Er will spielen. Raus aus dem Bus. In die Umkleide. Getratsche ignorieren. Blicke ignorieren. Clara ignorieren. Trikot holen. Stutzen an.
Schnürsenkel fest ziehen. Auf den Platz.

Ben

Mein Körper ist warm und durchblutet als ich beim Bahnhof ankomme. Mein Kreislauf arbeitet. Er funktioniert. Mein Körper hat genug geschlafen, er hat gegessen und er hat Bahar Zengin geküsst. Er ist stark. Er wird zeigen, was er kann. Die Stufen hoch zu Gleis Drei, die oberen nehme ich mit einem Bein.
Tayfun und Phil sehen mir entgegen.

Bahar

Warm laufen schon bevor die anderen da sind. Bande absuchen. Sichter registrieren. Sprint vor ihm hinlegen. Zur Mannschaft. Reguläres Programm. Sprünge. Torschüsse. Ansprache vom Coach. Startstürmerin ist Clara. Ich bleibe draußen. Enttäuschung. Nicht anmerken lassen. Mein Team ruft ihr Bum Tschakalaka. Ich schreie mit.
Diesmal laut. „Bum Tschakalaka, bum tschakalaka!"

Ben

Niels, Kiyun und Dom grinsen mir entgegen. Klatschen mich ab. Ich bin Teil des Teams. Natürlich bin ich das. Die Kamera steht bereit. Maddog lümmelt auf einem Regiestuhl. Setzt seinen Zeigefinger an die Cap, als ich rüber sehe. Tayfun boxt mir in die Schulter. Er vertraue mir. Soll mich auf meinen Kopf konzentrieren. Der Wille sei stark. Weiß ich längst. Er will, dass ich vorher meinen Körper frage. Kannst du heute Körper?
Ich kann, Meister. Was fragst du noch? Lass uns los legen.

Bahar

Ich setze mich nicht auf die Ersatzbank. Knieheber daneben, Kunststücke mit dem Ball, Spiel beobachten. Clara ist gut. Aber es reicht nicht. Lasst mich rein.

Ben

Phil will starten. Alles auf die Plätze. Probe entfällt. Zu teuer, es wird gleich gedreht. Einen Moment noch.
„Es fehlt noch die Unterschrift von Bens Eltern. Bring sie mir eben, Ben."
Mein Herz rutscht. Nach unten durch meine Füße aus meinem Körper heraus.
Meine Lunge saugt keinen Sauerstoff mehr.

Bahar

Geschrei. Ein Pfiff. Sanitäter stürmen auf den Platz. Nicht Clara. Elisa aus dem defensiven Mittelfeld. Zerrung.
„Du gehst für sie rein, Bahar."
„Nicht meine Position."
„Mach das Beste draus."
Das werde ich müssen.

Ben

Bestürzung. Ich will es nicht wahr haben. Mein Team will es nicht wahrhaben. Unwahr auch, dass Mama und Papa da gerade die Treppe rauf kommen. Er seine Arme um ihre Schultern. Ihre Augen wieder rot, aber nicht mehr nass. Sagt nichts. Nimmt den Zettel aus Phils Hand. Papa gibt ihr einen Kuli. Sie unterschreibt. Er unterschreibt auch. Stellen sich zu Maddog. Fingergruß auch für sie.
 Mein Herz krabbelt durchs Hosenbein zurück an seinen Platz.

Bahar

„Bahar vor, schieß ein Tor!"Onkel Mete. Was….
„Bahar Zengin, du bist die Beste!", Sarah.
"Zeig, was du kannst!" Baba.
Sie sind alle da. Sie sollten doch nicht. Anne. Ist sie
böse? Sieht blass aus. Ich laufe auf den Rasen. Lasse sie
nicht aus den Augen. Jetzt streckt sie ihre Arme nach
oben. Beide Daumen nach oben in die Luft.
Jetzt spiele ich auch für sie.

Ben

Sie starten Maddog´s Song. Soll uns antreiben. Hätten
wir nicht nötig. Der Song ist aber gut, also warum nicht.
Tayfun fängt an. Roulade nach Sprung. Sout de bras.
Perfekt. Nur zur Sicherheit noch ein Take. Im Kasten.
Nächster.

Bahar

Mein Blut fließt schneller. Mein Gehirn ist perfekt ver-
sorgt. Ich bekomme Adleraugen. Sie lassen den Ball
nicht mehr aus den Augen. Sie sehen rechts und links
meine Spielerinnen. Meine Beine wollen laufen. Sie wollen den Ball.
Sie wollen ihn rein schießen.

Ben

Kiyun und Niels. Passement rapides und Saut de Chats.

Nach dem fünften Take im Kasten. Dom, Return. Mit dem dritten Take im Kasten. Ich bin stolz auf meine Jungs. Der Song gefällt mir immer besser. Mit ihm wird es sich bestens fliegen lassen. Meine Eltern tanzen schon. Maddog grinst sich einen. Nicht zu glauben.

Bahar

Der Ball kommt aus der Abwehr auf mich zu. Ich nehme ihn mit der Brust an. Lasse ihn auf den Fuß fallen. Umdribble eine Spielerin in blau. Umdribble eine andere in blau. Sie zieht mich am Arm. Ich kann mich losreißen. Ich spurte aufs Tor zu. Ich kann es schaffen. Ich kann es doch nicht schaffen. Zwei Abwehrspielerinnen laufen auf mich zu, eine ist schon dran an mir. Clara. Sie ist frei. Warum ausgerechnet sie? Ich passe. Er landet perfekt auf ihrem Fuß. Jubel.
Eins Null Kickers. Clara nickt mir zu. Ich laufe zurück.

Ben

My turn. Mehrere Takes werde ich nicht durchstehen. Es muss beim ersten Mal klappen. Auf die Startposition. Stromkasten im Visier. Die Klappe knallt. Ich rase los. Meine Beine können zeigen, was sie drauf haben. Ich bin schnell. Richtig schnell. Fühlt sich das gut an. Ich kann mich richtig gut abstoßen. Überfliege die Bank, als sei der Krebs nie gewesen. Ich schaffe sogar eine lässige Armbewegung.
Passt optimal zum Song, denke ich.

Bahar

2:1. Das zweite hat Leona eingelocht. Das Gegentor nach einem kurzen Moment der Nachlässigkeit.
Svea wirft den Ball von der Seite zu mir. Ich starte meinen Weg nach vorne. Die blauen Spielerinnen jagen mich von rechts nach links über den Platz. Ich schlängle mich durch. Die Sache scheint wieder aussichtslos. Zuviel blau um mich herum. Also wieder Pass auf Clara. Mach ihn rein. Sie passt auf mich zurück. Mein Fuß juckt. Er juckt schon die ganze Zeit. Jetzt kann er das tun, wofür er geboren wurde. Er schießt. In die Ecke. Oben links. Unhaltbar.

Ben

Jetzt die Demi-tour über die Absperrung. Drüber. Drehung klappt. Komme auch auf beiden Beinen auf. Schwindel. Nein. Bitte. Nur noch der Drop. Nur noch der.
Die Treppe ist so steil. Ich will. Ich springe. Ich lande. Ich muss mich setzen.
Mich hinlegen. Tief atmen. Meine Augen schließen.

Bahar

Das Spiel ist aus. Rot reckt die Arme in die Luft. Ein Team sitzt auf dem Rasen und imitiert ein Drachenboot. Zwei Feindinnen halten sich an den Schultern. Ein Coach mit Tränen in den Augen. Eine Familie springt eine halbe Stunde wild herum und schwenkt Bahar-Fahnen.

Ein Sichtungstrainer nickt einem fünfzehnjährigen Mädchen bei ihrer Ehrenrunde anerkennend zu.

Ben

Ein Junge, der die Augen wieder öffnet. Eine Mutter und ein Vater, die über ihm stehen. Die ihn nicht abküssen, nicht umarmen. Die einfach da stehen und klatschen. Ein Team, das von oben jubelt. Ein Tayfun mit Stolz in den Augen. Ein Phil mit ausgestrecktem Daumen. Ein Parkourmove im Kasten.

Danksagung

Ich bedanke mich bei Markus, der an mich glaubt und der beste Erstleser ist, den man sich wünschen kann. Das gleiche gilt für meine großartige Familie. Außerdem danke ich Dorothee und André, sowie allen meinen Mitstreiterinnen und Mistreitern in Schreibseminaren für die konstruktiven Diskussionen. Ganz besonders bedanke ich mich bei meinen jungen Testlesern.

Impressum

Bibliografische Information der Deutschen Nationalbibliothek: Die Deutsche Nationalbibliothek verzeich-
net diese Publikation in der Deutschen Nationalbiblio-
grafie; detaillierte bibliografische Daten sind im Internet
über dnb.dnb.de abrufbar.

© 2016 Nadine Gersberg

Herstellung und Verlag: BoD – Books on Demand,
Norderstedt

ISBN: 9783743162853

Kontakt: nadine.gersberg@googlemail.com

Buchcover: Karolina Novoselskaja (http://karo-
novo.de)